M
en s

Mercantour 2008

en souvenir de

Hervé Claude

Riches,
cruels et fardés

Gallimard

Journaliste, ancien présentateur du journal télévisé de France 2 et un temps animateur des soirées Thema sur Arte, Hervé Claude partage sa vie entre la France et l'Australie. Il a écrit, parallèlement à sa carrière télévisuelle, une dizaine de romans pour la plupart publiés dans des collections de littérature générale mais dans lesquels il joue avec les codes du suspense et du thriller. *Riches, cruels et fardés*, paru en Série Noire en 2002, suivi de *Requins et coquins* en 2003, met en scène, dans la lignée du personnage de Dave Brandstetter de Joseph Hansen, un ancien enquêteur d'assurances ayant fait fortune de manière un peu trouble et qui n'hésite pas à utiliser ses anciennes compétences pour élucider des meurtres survenus dans l'univers fermé et parfois violent du monde gay.

À Murray, Didier, Marc et Jason.
Et les autres.

Avant que l'ivresse ne nous sépare
Promettons-nous un amour éternel
Même si les nuages finissent par nous disperser.

LI BAI (701-762)

PREMIÈRE PARTIE

RÉCIT D'ASHE

CHAPITRE 1

C'est souvent la première impression la bonne.
Je m'attendais à un lieu indolent avec beaucoup de
beaux corps athlétiques ou endormis, sculptés ou
empâtés, mais des corps. Et c'était vide. Au milieu
de l'après-midi, longtemps après la sieste, au moment où l'on bouge de nouveau, sur la plage ou à
la piscine, autour d'un jeu de cartes ou d'un verre.
C'est ce que j'avais toujours vu dans ces espaces
clos pour touristes friqués. Et c'était désert.

Si je dois refaire la chronologie de cette semaine,
qui chaque jour nous a réservé des surprises, pour
finalement nous jeter abasourdis, hors de notre
paradis, comme les premiers Adam et Ève venus,
si je dois remonter dans mes souvenirs pour tenter
de saisir l'instant où tout a commencé à se détra-
quer, c'est sans doute là, juste après mon arrivée
à Croconest Resort. Au moment où j'ai vu cet
hôtel et ces bungalows perdus dans la moiteur de
la forêt tropicale, abandonnés sans surveillance,
sans respiration propre et sans vie finalement.

J'avais récupéré la clé à la réception, auprès d'un jeune homme discret en bermuda beige très serré. Je m'étais retrouvé seul sur ma terrasse, poisseux, moite et vaguement inquiet. Le décalage. Les autres terrasses étaient vides aussi. Pas un maillot de bain à sécher, pas une sandale oubliée.

J'ai traversé la pelouse puis deux autres terrasses. À côté de la piscine il y avait enfin un corps nu allongé sur un lit en mousse. Modelé, un cul rebondi mais pas trop large. L'homme était mort ou dormait profondément. Aucune trace de maillot sur son bronzage. Je me suis approché lentement, je n'arrivais pas à voir s'il respirait ou non. Mais j'avais peur de le réveiller, c'est donc que j'y croyais encore, à sa vie. À la réflexion, c'est à partir de là que les choses ont commencé à se compliquer dans ma tête.

Sur le moment je m'étonnais simplement. La chaleur était lourde mais supportable, un peu voilée, assommante d'humidité. Entre l'équateur et le tropique du Capricorne, il ne faut pas s'attendre à autre chose, surtout en cette saison cyclonique. Au moins il ne pleuvait pas, le ciel avait même tendance à s'éclaircir.

Je suis allé sur la plage que j'avais aperçue de loin en arrivant par la route. Il y avait d'autres bungalows alignés en rang vers le large, la grève de sable blond était un peu cachée par une rangée de cocotiers disparates et efflanqués par les coups de vent. La première partie de la plage était pier-

reuse. Je me suis éloigné et j'ai franchi la minuscule rivière, ici ils appellent ça une creek. Et là,
j'ai débouché dans une *terra incognita* qui ressemblait fort à un paradis.

C'était vide, là aussi.

Cela dérange moins au bord d'une plage. Il y a
le bruit des vagues lentes, le crissement des insectes dans la forêt qui en trace l'autre limite et les
crabes qui s'enfouissent à votre approche. J'ai posé
mes vêtements sur un rocher rond, lisse et chaud.
J'ai tout enlevé, cela ne pouvait déranger ni les
poissons ni personne. À mes pieds l'eau était tiède,
douce et caressante. Les vagues m'arrosaient les
jambes, elles étaient un peu opaques, presque lai-
teuses, le gris du ciel plaquait sur elles des lan-
gueurs argentées. La chaleur montait avec douceur
comme si j'avais tourné un thermostat. C'était juste
un rayon de soleil qui me nimbait et m'éblouissait
violemment. Je n'avais qu'une solution, plonger
devant moi, me jeter dans l'onde voluptueuse, j'ai
pris mon élan.

Quelqu'un a crié très fort, ce qui m'a saisi et effrayé tout à la fois. Mon élan s'est brisé, je me suis
retourné. Il venait vers moi en courant. D'abord
je ne l'ai pas reconnu parce qu'il avait enfilé un
tee-shirt noir orné d'un arc-en-ciel. Mais c'était le
même gars qui m'avait donné ma clé et montré
ma chambre. Je lui ai souri. Il n'a pas répondu, il
se contentait d'agiter les bras.

— Ne vous baignez pas.

— Je suis venu ici pour ça.

— Il vaut mieux aller à la piscine, les jellyfishes...

Dans le minibus qui m'avait amené de l'aéroport
de Cairns, Ron, le chauffeur, m'en avait parlé
aussi. Jellyfish, cela veut dire « méduse ». Je ne
sais pas lequel des deux mots est le plus dégoû-
tant : « poisson-gelée » ou ce « méduse » français
gluant comme un radeau. C'est vrai qu'on n'aime
pas les rencontrer, mais de là...
— Elles sont vraiment dangereuses !
— Dangereuses comment ?
— Il y a des avertissements sur toutes les plages,
vous verrez, même à Cairns. Sur certaines plages
il y a des filets pour se baigner sans crainte. Ici
nous ne pouvons pas en mettre, trop cher.
Il m'a dit qu'il s'appelait Michael. Ou plutôt je
l'ai su parce que c'était marqué sur un badge, sur
son tee-shirt. Un beau sourire, des cuisses épais-
ses sous le short serré, le cheveu sombre et ras.
J'ai eu tendance à le croire.
— Tous les cinquante mètres, à côté de la plage,
il y a un piquet rouge, vous voyez.
— Oui, je vois...
— À côté, il y a une bouteille de vinaigre. Elle
est toujours pleine. Si jamais vous étiez piqué,
n'hésitez pas, mettez-en beaucoup sur la brûlure,
cela vous sauvera.
— En Europe aussi nous avons des méduses,
elles piquent aussi ; c'est vrai, ça fait mal.
— Ici les jellyfishes piquent. Elles piquent et
elles tuent.

J'ai senti l'eau du paradis beaucoup plus froide, moins attirante, trop opaque, bref j'en suis sorti. Je ne sais pas ce qui m'a décidé, son sourire ou ses explications à moitié convaincantes. Un peu les deux, mais après tout je connaissais encore mal la faune de cette région quasi inhabitée. Je suis revenu à la piscine sur ses conseils.

C'était désert, encore. Même les fesses rebondies s'étaient envolées des matelas de mousse. J'ai goûté l'eau, j'ai trouvé qu'il flottait trop de feuilles d'eucalyptus et que ça sentait le désinfectant. Je n'avais plus envie de me baigner. Michael aussi avait disparu. Je ne l'ai pas trouvé à la réception ; je pensais lui offrir un verre, j'avais soif. Je suis rentré à ma chambre. J'ai bu un Coca light sur la terrasse. Il n'y avait toujours personne à côté.

CHAPITRE 2

C'est à Cairns que j'aurais dû avoir la première intuition. J'ai récupéré mes bagages sur le tapis roulant dans l'air climatisé. J'avais observé les autres passagers de l'avion qui faisaient pareil et maintenant je cherchais Ron. Quand j'avais fait la réservation à Sydney, ils m'avaient dit qu'il s'appelait Ron et qu'il m'attendrait. Il n'était pas là, en tout cas je ne le voyais pas. Peu à peu les passagers ont disparu et je me suis retrouvé comme un con assis sur ma valise à côté du tapis roulant qui ne roulait plus.

Je ne savais rien de ce coin d'Australie. Tout en haut à droite sur la carte, sur la pointe, face aux eaux chaudes du plus grand océan du monde, face à la plus grande barrière de corail, face au plus grand vide, en fait. Ça me plaisait assez, cette idée.

Pour venir à Croconest, le chemin m'a paru long. Ron s'était excusé pour son retard. Sorti de Cairns, il n'y a plus qu'une route entre la mer et la forêt tropicale. Les hôtels, les resorts s'effacent peu à peu. Ce cap est une des régions les plus inexplorées du monde mais je ne pensais pas que cela commençait si tôt.

L'impression d'étrangeté de l'endroit tient plus au dessin de la route qu'à sa sauvagerie réelle. Un ruban suspendu entre falaise et plage. Et l'absence de toute habitation.

J'étais seul avec Ron, il n'attendait personne d'autre ce jour-là. J'ai parlé avec lui et ce qu'il m'a dit était exotique et étrange. Nous allions dans la direction d'un cap dont le seul nom me remplissait d'aise : cap Tribulation. Les miennes, j'en suis sûr, allaient me plaire. Parfois je me dis que j'ai de drôles de goûts, parfois non.

La conversation avec Ron a tout de suite pris un tour inattendu. Il était plus âgé que moi, la cinquantaine passée. Sec, voilà le mot, pas dans sa conversation, mais il contrastait avec l'air ambiant. Pas une goutte de transpiration, ce qui était un miracle si l'on considère qu'après Cairns il n'y a que la forêt et ses effluves. C'est sur cette route, à l'endroit précis où la forêt se dissout dans la mer, que nous allions gaiement. Avec les pluies, la végétation — d'ailleurs ils appellent cela la rainforest, ce n'est pas pour rien — on se sent devenir moite en cinq sec.

Lui, non.

Ron aurait pu être colonel dans l'armée des Indes s'il avait vécu cinquante ans plus tôt. Ou fermier au Zimbabwe. Il en avait la moustache, le short anglais un peu long — un short long, c'est amusant, *isn't it* ? —, la couleur kaki et même des chaussettes un peu montantes, mais ça on peut dire qu'avec les chaussures de rangers c'était plutôt l'uniforme du milieu. Et ce milieu dont je vais parler, dont il va être question tout au long de cette histoire, avait conquis là un territoire presque secret, Croconest Resort, au beau milieu d'une région touristiquement correcte. En face de la grande barrière de corail, dans sa partie la plus septentrionale. Sa partie nord, je le précise pour que personne ne se perde. Car Croconest Resort est situé dans l'hémisphère sud. Ce qui veut dire là-bas que plus on va vers le nord, plus on a chaud, plus on se rapproche de l'équateur, plus on devient moite. Je ne veux pas qu'il y ait le moindre doute à propos de ces lieux. Ils prendront encore plus de relief au cours de cette longue semaine. Dont acte.

Ron était sec, viril, un peu sévère, même si je soupçonnais que c'était un genre. Mais c'est vrai qu'il ne lui manquait que le stick. Pour l'heure il conduisait le 4 × 4 et nous roulions vite, sur ce rivage abandonné. Mon cœur battait parce que je trouvais ça beau. Beau et sauvage.

Ron commentait. Ron expliquait la géographie. Ron vantait les mérites de l'hôtel.

— Toute la journée, sur votre télé, c'est le canal 8, vous pourrez avoir gratuitement des films érotiques.

— Très bien, mais ce n'est pas sûr que je regarde la télé.

— Oui mais le soir, parfois on ne peut pas dormir…

Il devait me croire plus solitaire que je ne suis réellement. Je suis sociable, je me lie facilement, trop peut-être. Dans ce milieu, c'est monnaie courante. En tout cas, à ses propos directs je reconnaissais la manière australienne. Un certain manque de finesse. Je n'ai pas insisté avec la vidéo. Lui non plus.

Il est passé aux jellyfishes et il a tourné plusieurs fois la tête vers moi. Très grosses, les piquets, le vinaigre. Il m'a bien expliqué, ça m'ennuyait, je l'ai oublié deux heures après en allant à la plage. Il est passé à autre chose

— *Well*, bien sûr ici tous les clients sont gays. Mais parmi le personnel tout le monde ne l'est pas.

J'ai dû avoir l'air un peu ahuri. C'est sa franchise qui me laissait pantois. Que voulait-il dire par là ? Ahuri mais interrogatif, il l'a senti.

— Tout le monde doit vivre en bonne entente.

J'ai eu envie de lui demander si j'avais potentiellement l'air de commettre des agressions de cette nature, je me suis retenu.

— Moi-même, a dit Ron, je suis hétéro. D'ailleurs je n'habite pas au resort, je suis marié et je m'occupe des voitures, des livraisons, de beaucoup de choses. J'aurai sûrement à vous conduire où vous voudrez.

Il y avait de quoi oublier toutes les jellyfishes de l'océan Pacifique. C'était direct. J'avais l'impression que l'hôtel, ainsi caché dans la verdure, cachait aussi ses préférences dans l'isolement et la discrétion. La plage venait d'apparaître au bout d'une heure de route et au-delà de la corniche. Les bungalows étaient cachés par la rainforest. J'ai pensé à l'île de Robinson Crusoé, sauf que nous étions bien amarrés à un continent, l'un des plus grands, l'Australie, et que nous n'étions pas vendredi.

Quand j'ai vu l'entrée de Croconest Resort, le drapeau arc-en-ciel flottant mollement dans la brise — c'est le drapeau homosexuel, le signe de reconnaissance de tous les gays et lesbiennes à travers le monde —, quand j'ai vu que la couleur était affichée avec autant d'aplomb, je me suis demandé un court moment si j'avais bien fait de venir.

Mais, je le jure, jusqu'au moment où j'ai compris en plein après-midi que tout était vide, je n'avais rien senti d'étrange. J'étais juste un peu confus dans ma tête.

CHAPITRE 3

Les questions existentielles, c'est toujours dans ces moments-là qu'on se les pose. Seul, face à l'océan, avec juste une rangée de cocotiers torturés avant la plage et les méduses.

Seul sur ma terrasse avec une double fenêtre et une chambre avec l'air conditionné derrière.

Seul avec un téléviseur qui sur le canal 8 diffuse en continu des films pornos — où l'on voit des garçons avec d'autres garçons. Mais ils ne sont pas du tout mon genre. Toujours jeunes, minces, lisses et glabres. Et je ne veux pas regarder la télé. Mais quoi alors ? Ça commençait. Où suis-je ? Rêvé-je ? Où cours-je ? Ce n'est pas un problème de décalage horaire, mais une légère déréalisation quand on coupe la terre en deux pour aller à l'autre bout. Cela peut durer une semaine ou deux.

Je m'appelle Ashe, enfin c'est comme cela qu'ils m'appellent. Ashe pour H. J'ai un prénom européen qui est tout à fait imprononçable pour les Anglo-Saxons. Il commence par un H. Donc ce sera Ashe, ce qui est toujours amusant avec les significations qu'on peut donner à cette syllabe dans plusieurs langues. J'ai plus de quarante ans mais moins de cinquante. C'est ce qui est marqué sur mon passeport. Je ne triche jamais sur mon âge. J'aimerais bien parfois en avoir moins. Parfois, parfois pas.

J'ai eu le temps de vivre, je continue à le faire. J'aime la découverte, celle du monde et celle des corps. La vie est un choix et je dis souvent oui.

Oui mais.

De temps en temps il faut se poser des questions. Aujourd'hui, c'est trop. Même si je suis venu ici en toute connaissance de cause.

Voilà où j'en étais quand j'ai aperçu Victor. Il est sorti entre deux bungalows, il a traversé la pelouse en sifflotant, en regardant droit devant, comme s'il était seul au monde. Et d'ailleurs il l'était. C'était une apparition suave dans un monde à l'état sauvage. Il a shooté doucement dans une noix de coco tombée de l'arbre, il avait des cuisses assez solides pour cela. Musclé et équilibré, c'est ça. De loin il paraissait plus vieux qu'il ne me l'a dit par la suite, quoique aujourd'hui je ne sois certain de rien. J'ai eu tout le temps d'apprendre en une semaine que, dans ce monde clos, la vérité de l'un n'est pas toujours celle des autres. J'ai su plus tard que Victor avait trente ans tout juste. C'est vrai qu'il fait plus avec sa barbe complète, ce qui n'est pas du tout à la mode depuis que les footballeurs et les gardiens de but s'obstinent à se raser la tête et à porter un bouc sur le visage.

Il avait une barbe mais son corps était glabre et bronzé, les bras un peu trop longs, quelque chose d'un tout petit peu simiesque dans la démarche. Animal, tout au plus. Non, j'exagère. Il m'a distrait trente secondes et puis il a disparu sur la grève et de mes pensées. De mes pensées conscientes. En le revoyant le soir même, j'ai compris que l'image de ce corps brut était restée imprimée quelque part. Je me suis endormi.

Où en étais-je ? Ou plutôt : où étais-je ? Est-ce que c'est moi qui ai la tête en bas ou ceux de mon pays ? Je m'agitais intérieurement. J'avais envie d'une chose et de son contraire et je me suis aperçu que, sans avoir bougé d'un pouce de mon fauteuil en rotin, j'étais en nage. J'aurais mieux fait de nager, même dans la piscine. Et je restais là dans la moiteur à enculer les mouches. C'est une habitude quand je suis un peu vide et vague. De temps en temps c'est salutaire, de temps en temps je ne sais pas. Certains me trouvent trop velléitaire. Cet endroit est trop vide pour ce que j'y ai à faire.

J'ai refermé soigneusement la double fenêtre, je me suis allongé sur le lit et je me suis laissé sécher sans allumer la télé, dans le bruit frémissant de l'air conditionné. Demain j'allais voir de près les poissons sur la barrière de corail. Des requins ? Arrête de te poser toutes ces questions.

Quand je me suis réveillé, longtemps après, je savais à peine dans quel monde j'étais mais je savais que ce n'était plus le même. Ni le même que les autres jours, ni le même que quelques heures auparavant. Les sommeils moites provoquent des rêves gluants et des réveils confus, j'étais en pleine confusion. Je suis parti de chez moi depuis plusieurs semaines, mais j'ai quitté l'Europe il y a seulement quelques jours. Combien ? Je ne sais pas, je ne veux plus compter, j'ai assez compté toute ma vie. Les femmes, les dollars, les enfants, les euros, les amants, les voitures. Le monde occidental est une grande caisse enregistreuse. Je n'ai pas envie qu'il me laisse partir avec une bande de papier longue comme une addition de supermarché. Ils accumulent, je passe d'une chose à l'autre sans mettre de numéro. Je ne veux plus accumuler. De temps en temps je suis indispensable et on me paie cher pour cela. Le reste du temps je suis introuvable. J'ai une adresse sur Internet et parfois je dois rentrer d'urgence. Mais c'est très rare. Mes conseils, je les donne de l'autre bout du monde. Je peux aussi aller à l'autre bout du monde pour donner des conseils. C'est très utile, l'autre bout du monde. Il faut toujours aller voir si on y est.

La forêt tropicale était là, aux aguets, derrière la porte. Le ciel s'assombrissait dans des nuances de gris et j'avais peine à croire que c'était le même endroit que tout à l'heure. Il s'était passé quelque chose.

J'entendais des chasses d'eau assourdies, des douches aux résonances sèches, un fond de musique américaine un peu rétro, plus disco que techno. Il y avait aussi des lumières sur la gauche vers le bar.

Et des silhouettes.

J'aime les silhouettes qui se découpent sur l'horizon dans l'après-midi finissant. Face à l'océan insondable. Je suis midinette, au fond. J'ai décidé d'aller vers les silhouettes.

C'est Victor que j'ai rencontré tout de suite. La nuit était tombée, je m'étais longuement douché pour tenter d'arracher de ma peau la sueur tropicale, toute une pesanteur inutile. J'étais prêt à engager la conversation. Lui aussi sentait le propre. Sa chemise était claire, elle contrastait avec sa barbe et son visage mat, dans l'atmosphère assombrie du bar ouvert sur la mer, sur l'haleine de la forêt. C'est peu après qu'il m'a dit son nom, cette manière directe qu'ont les Anglo-Saxons ou les gays de mettre les choses au point. Il était seul accoudé au bar, il avait l'air de m'attendre. Mais d'abord il m'a souri. Peut-être aussi que rien ne serait arrivé s'il ne l'avait pas fait. C'était un sourire accueillant, timide, compromettant. Je me suis compromis. Dans l'ambiance enfumée, un peu parfumée à la citronnelle pour éloigner les insectes, il y avait d'autres silhouettes assises à des tables dans la pénombre. Je suis venu à côté de lui.

— Australien ?

— Oui.

Je lui ai demandé pourquoi la question l'avait fait rire, ce n'était ni original ni indiscret.

— Parce que des Australiens, il n'y en a pas beaucoup ici. Enfin, parmi les clients.

— Les Australiens n'aiment pas ce genre d'endroit ?

— Non, c'est plutôt une question d'argent. C'est assez cher ici, vous le savez. Alors ce sont plutôt des étrangers friqués ou un peu plus âgés.

— Vous dites ça pour moi ?

— Ça me semble, non. Vous travaillez ?

Son culot et sa perspicacité ne me gênaient pas du tout. D'ailleurs rien ne me gênait chez Victor. Dans son corps il y avait quelque chose d'attentif, une nonchalance prête à bondir. J'ai souri à mon tour, sûrement pas aussi bien que lui. Il a un talent naturel pour cela, une disposition au bonheur. Enfin dans ces cas-là, quand quelqu'un vous attire, c'est ce qu'on pense. Par la suite j'ai su qu'il s'en fallait de beaucoup.

— Et vous, là-dedans ?

— Oh, moi !

Cette réponse vague ne m'a pas empêché de surenchérir.

— Dans quelle catégorie vous rangez-vous ?

— Vous vous demandez si quelqu'un m'entretient ? Eh bien non. Je suis curieux, aventureux et j'ai un métier qui peut rapporter pas mal de dollars, si on est malin.

— Vous l'êtes ?

— Ça dépend dans quel domaine. Pour l'informatique, les logiciels, tout ça, je me débrouille.

— Quand ?

— Presque tout le temps. C'est très concurrentiel, simplement de temps en temps il faut respirer. Vous êtes arrivé cet après-midi ?

Je n'avais pas l'impression qu'il m'avait vu débarquer. Mais dans un lieu comme Croconest, tout doit se savoir dans la minute. Il a ajouté :

— J'imagine que vous avez dû trouver ça mortel ?

— Oui, mortel, c'est le mot. Dans la journée, si on est seul il faut être solidement structuré dans sa tête.

— Vous l'êtes ?

— Seul ou structuré ?

Victor a souri de nouveau sans rien ajouter. Je ne savais plus quoi dire mais ça ne me gênait pas, juste sa présence. De toute façon nous avons été brutalement interrompus.

CHAPITRE 4

Un homme, que je n'avais pas vu arriver, s'était accoudé au bar et avait vidé en un temps record une demi-bouteille de cabernet-sauvignon. Quand il a commencé à faire du scandale, il était déjà presque aussi rouge que son vin. J'ai d'abord cru qu'il parlait tout seul, en fait il devait discuter depuis quelques minutes avec le barman. Aux tables voisines, tous les autres gars s'étaient retournés. Il tentait de les prendre à témoin. Victor a juste eu le temps de me dire qu'il s'appelait Gordon. Cela commençait à m'intéresser vraiment.

Il était petit, pas gros mais compact. Très droit avec l'habitude de donner des ordres. Gordon avait peut-être soixante ans, peu de cheveux et une barbe trop brune pour être honnête. Il portait un tee-shirt un peu moulant, ce qui faisait ressortir des pectoraux un peu flasques et de gros tétons. Il avait l'air vraiment en colère. J'ai cru qu'il s'agissait d'une question d'argent parce qu'il avait sorti un billet de cent dollars de son épais portefeuille. Mais son autorité s'effritait, tiraillée entre l'ivresse et l'énervement. Il a violemment frappé du plat de la main une première fois sur le bar. Et puis dans l'élan il a envoyé son verre et la bouteille avec. Tout a explosé aux pieds du garçon. Dans le silence qui a suivi, il s'est mis à vociférer. Il parlait à voix basse dans un langage que je pouvais juste deviner menaçant. Une autre silhouette s'est encadrée dans la porte du hall. Un homme grand, larges épaules, des cheveux gris, fournis mais coupés ras aussi.

— *Gordon, please, Gordon*, a-t-il dit.

Victor a juste eu le temps de me glisser à l'oreille :

— Écartons-nous vite. Ça va barder entre ces deux-là. Elles sont aussi méchantes l'une que l'autre.

Je n'aimais pas trop son ton ni le genre utilisé, mais je ne pouvais lui donner tort. L'homme aux cheveux gris était le directeur du resort. Il avait à peu près le même âge que son client récalcitrant mais il paraissait beaucoup plus costaud. Pourtant j'ai senti tout de suite qu'il n'allait pas forcément avoir le dessus.

S'est ensuivie une altercation verbale d'une violence rare, même si leurs voix frôlaient parfois la caricature dans les aigus. Je ne comprenais absolument rien sinon qu'il était question d'un certain Sean. C'était le mot qui revenait le plus souvent dans la conversation.

Autour, nous étions figés. Le barman n'osait même pas remettre de l'ordre dans son outil de travail. Les autres ont piqué du nez, plus ennuyés que vraiment dérangés. Gordon continuait de faire des dégâts, et pas seulement en paroles. Je voyais bien que l'autre, Ken, le directeur de l'hôtel, avait peur. Il le dominait d'une bonne tête, mais il n'osait pas s'en approcher. L'Australie a parfois un côté Far West mais je ne m'attendais pas à assister à une bagarre de saloon.

Je crois que Ken ne se serait pas battu, il était très blanc. Mais Gordon lui a foncé dessus, tête baissée, et il l'a relevée au dernier moment. Ce coup vicieux a fait basculer Ken en arrière dans la porte. Elle était vitrée, c'était une simple armature de bois et tout a volé en éclats. J'étais partagé entre l'inquiétude et le fou rire. Je me suis retenu parce que j'ai vu que Victor avait pâli.

Ce qui devait arriver arriva. Gordon avait tout de même une tête de moins et tout le reste très alcoolisé. S'il avait marqué le premier point, son avantage fut de courte durée. Ken s'est ressaisi et lui a filé une double paire de claques qui lui a fait tourner la tête d'un quart de tour. Ils sont tombés ensemble et ils ne parvenaient pas à se relever complètement. Leur corps à corps devenait violent. Gordon tentait de s'agripper aux oreilles et au cou de Ken. Ken le tenait à distance avec les deux battoirs qui lui servaient de mains.

Et puis j'ai vu les deux autres arriver, Michael et Ron. Là, ça n'a plus rigolé, Gordon a flanché. Ron, toujours sec comme une trique, n'a pas dit un mot et l'a immobilisé avec une clé au bras. L'attitude du doux Michael m'a moins plu. Il y est allé sans risque d'un bon coup de pied dans les couilles. Son seul mérite a été de mettre fin à la

bagarre avec un Gordon gémissant et recroque-
villé, les deux mains coincées entre ses cuisses.
Les deux l'ont tenu encore un peu et Ken a dit :

— Il va falloir que tu dégages très vite d'ici.

— Je ne partirai pas avant que Sean soit revenu. Je te rappelle que c'est chez moi ici.

— Mais, mon pauvre coco, Sean, il s'est tiré, il
en avait marre.

— Arrête, Ken, arrête. Je serai capable de te
tuer si tu continues à dire des choses comme ça.
Ou si j'apprends que tu y es pour quelque chose.

— Ce n'est pas de notre faute s'il n'est pas revenu de Port Douglas.

— Vous n'êtes même pas capables de me dire
quand il est parti.

Il y a eu un silence. L'étreinte des deux
gaillards s'était un peu desserrée. Gordon avait
quelque chose qui coulait au coin de la bouche,
un filet qui ressemblait plus à du sang mélangé à
la salive qu'à du vin rouge. Il semblait calmé, il
s'est relevé, il a pris un autre billet de cent dollars
dans sa poche et l'a balancé sur le bar. Ken lui a
dit :

— Tu ne t'en tireras pas comme ça, Gordon. Il
faudra tout payer, je mettrai ça sur ton compte.

Dans un premier temps, j'avais donné tous les
torts à ce Gordon querelleur et ivre. Les regards
qu'ils ont échangés m'ont persuadé que les relations entre ces deux hommes étaient beaucoup
plus compliquées. Ken n'avait plus peur, il n'y
avait plus dans ses yeux, dans son visage redevenu

bronzé après la pâleur, qu'une rage froide. Froide et haineuse, détestable. Un vrai contraste dans toute la personne. D'un côté une allure virile avec des vêtements couleur militaire. Strict, le cheveu ras et dru, la moustache plus fournie, les lunettes cerclées qui avaient giclé à l'autre bout de la pièce mais qui étaient intactes. Et il y avait aussi deux ou trois bagues en trop, des mouvements des mains trop saccadés. Un peu folle, des décennies de pratique. Je l'ai senti méchant à ce moment-là. Disons vraiment méchant et n'en parlons plus.

— Toutes nos excuses, ceux-là sont tous australiens.

— Je croyais qu'il n'y en avait pas ici.

— Ce sont toujours ceux-là qu'on remarque, ils y mettent du leur.

— Tu n'y es pour rien.

— Sait-on jamais ?

Victor a éclaté de rire. Et puis il m'a dit qu'il allait m'expliquer tout ce qu'il savait sur cette affaire.

— Cela ne nous étonne pas. Ce n'est pas spécialement gay. Disons que c'est plutôt country. C'est le bout du monde ici, il n'y a pas de raisons qu'on soit plus civilisés que vous en Europe.

— Non, il n'y a pas de raisons.

— Mais on pourrait l'être plus, il n'y a pas de raisons non plus. Au moins, ici, il y a la place.

Il a tout de suite ajouté pour clore l'affaire :

— Venez à table, nous allons attendre Paul et je vous expliquerai pendant ce temps-là.

CHAPITRE 5

Je n'ai pas d'opinion sur la communauté gay. Je devrais parce que d'une manière ou d'une autre… Disons que je n'aime pas l'uniformité et les uniformes qui vont avec. Les clones d'Oxford Street à Sydney m'énervent un peu, même si je les trouve attendrissants à arpenter Taylor Square en se tenant par la main. Je n'aime pas trop les vieilles folles comme Ken, mais je les trouve courageuses. En Australie j'avais eu l'impression que les gays buvaient plutôt moins que leurs compatriotes, je me trompais. Dans ce milieu les relations sont en général assez directes. Pour le reste il y a des connards comme partout, des mecs très intelligents, quelques pervers comme partout mais plutôt moins parce qu'ils peuvent aller au bout de leurs fantasmes. Et il y a beaucoup de types adorables. Le cœur sur la main, fraternels et tout et tout. Je ne dis pas cela parce que j'aime leurs corps et ce n'est pas une image d'Épinal non plus.

Je me sens bien avec eux. En général, je préfère les chiens aux enfants et les hommes aux femmes. J'ai eu l'idée, comme ça, en me mettant à table, dans la semi-obscurité de la terrasse qui donnait sur l'océan, avec deux projecteurs qui éclairaient la pelouse et la rangée de cocotiers, qu'ici j'allais avoir un concentré, non pas de cette communauté, mais des plus excentriques de la bande. L'argent, sans doute.

Victor m'avait laissé seul cinq minutes. Il m'a dit qu'il allait chercher Paul. Je n'avais pas envie de lui demander qui était ce Paul surgi soudain entre son sourire et mon plaisir. J'avais trop peur de la réponse. J'observais les autres qui commençaient à arriver. Il y a une grande table d'hôte pour ceux qui sont seuls. Et des petites tables autour. C'était celles-là seulement qui étaient occupées, par des couples. C'est vrai que la moyenne d'âge était plutôt dans les miens que dans ceux de Victor. L'argent ne se voyait pas dans les bermudas et les tee-shirts. Et les physiques avaient une grande diversité, sauf les cheveux que presque tous portaient courts, très courts. Il y avait aussi, un peu à l'écart, un couple de lesbiennes ; elles semblaient vouloir rester entre elles.

Victor et Paul sont arrivés ensemble et j'ai été saisi. Je ne me faisais plus guère d'illusions car Paul, rayonnant, était à ses côtés, un bras sur son épaule. Un garçon gai, voilà. Gai et heureux, c'est l'impression immédiate qu'il donnait. Vivant et vibrionnant. Tout le monde l'a salué ou s'est retourné quand il est entré. Hommage de l'âge à sa beauté. Il avait les cheveux blonds, décolorés par l'eau de mer, assez longs. En cela il était bien le seul. Un visage fin et malin, un corps doux. Il allait de l'un à l'autre et tous semblaient l'adorer. C'était soudain comme si la bagarre de tout à l'heure n'avait pas eu lieu. Sa présence ne la faisait pas oublier, elle l'effaçait, tout simplement. Il y a des personnes comme lui qui ont la grâce et qui n'en abusent même pas.

— Commandons, ne l'attendons pas, parce que sinon il faudra patienter des heures. Paul va d'abord parler avec tout le monde, c'est son habitude.

Ça l'a fait rire, Victor, et il m'a demandé si un merlot rouge, un vin de la région d'Adélaïde, m'irait. Je m'impatientais un peu, non pas pour le repas mais pour tout ce que cette soirée laissait en suspens.

— Raconte-moi cette bagarre.

— Oh ! là, là, c'est compliqué. Sean s'est tiré, apparemment. Et la Gordon ne s'en est pas remise.

Je n'aimais pas du tout quand il employait le féminin mais je sentais que chez lui cela ne recouvrait pas une once de méchanceté ni de racisme antivieux ou anti-folles. Il parlait des gens tels qu'ils étaient, c'est tout. J'ai dû l'encourager, lui poser d'autres questions, lui arracher les réponses. Victor est plus timide et réservé que je ne l'avais cru.

— Qui sont Gordon et Sean ?

— Un businessman et son gigolo.

— Et ça te fait encore rire ?

— Non, ce serait méchant. Et d'ailleurs ce n'est pas sûr que Sean soit le moins riche des deux. Ils ne sont pas très bien assortis. Je crois qu'ils travaillent ensemble. Ils ont des affaires qui marchent très bien. Dans le milieu. Gay, je veux dire. Des bars, des saunas, des hôtels, et je soupçonne qu'ils sont en affaires avec Ken. Mais autant Gordon a l'air intelligent quand il n'est pas bourré, autant Sean est effacé. C'est pour ça que nous avons tous été surpris.

— Qu'est-ce qui vous a surpris ?

— Que Sean se soit tiré.

— Il est parti, vraiment ?

— Attends, je dois mal m'expliquer, mais c'est vrai que tu n'es arrivé que ce soir.

— C'est un peu confus.

— Ce matin Gordon était malade, trop de soleil, il n'a pas pu faire la grande balade toute la journée sur la barrière de corail.

— J'y vais demain.

— Moi aussi.

Il a eu l'air joyeux, il en rajoutait sûrement. Mais ça me plaisait quand même.

— Donc Sean est parti sans son compagnon à la croisière et il est revenu à Port Douglas. C'est la station chic, pas très loin d'ici, un peu au sud, tu es passé à côté en venant. La dernière avant la jungle aussi. Sean a dû profiter du retour pour prendre un taxi et aller directement à l'aéroport de Cairns. Mais je n'en sais pas plus. Paul va te raconter, il était sur la barrière avec eux.

— Et vous y retournez demain ?

— Mais moi je n'y étais pas aujourd'hui.

J'ai eu l'air un peu ahuri, je m'étonnais qu'il n'ait pas accompagné son ami Paul. Il m'a expliqué que Paul et lui étaient seulement copains. Qu'ils s'étaient rencontrés ici quelques jours plus tôt. Ce n'était pas un couple, voilà. Je suis naïf parfois et j'ai mis longtemps à comprendre. J'ai donc attendu Paul dans une grande confusion. J'ai demandé à Victor s'il connaissait les autres.

— Pas très bien, certains bien sûr, mais aujourd'hui, après la croisière sur la barrière, il y a eu pas mal de départs et très peu d'arrivées à part toi.

Il m'en a situé quelques-uns tout de même. Un couple de Suédois, à la table d'hôte, qui riaient beaucoup avec les autres. Et un étrange couple d'Anglais, seuls à une table tout au bout de la terrasse. Ceux-là ne parlaient qu'avec les mains, un incessant ballet de gestes vifs et saccadés. Le plus grand des deux était sourd-muet. C'est au couple de lesbiennes que Paul parlait maintenant. Il s'était accroupi à côté de leur table et elles souriaient pour la première fois.

— Il n'y a que lui qui soit capable de faire ça. En général elles ne nous disent pas un mot. Peut-être parce qu'il est américain.

— Ah bon, d'où ?

— Atlanta, je crois, mais tu as l'air surpris. Paul est arrivé il y a une semaine à peine, un peu avant moi.

Il y avait encore deux types en cuir qui ont débarqué à cet instant et qui se sont installés à la table centrale. Des Belges, m'a dit Victor, ce qui m'a tout de suite mis sur mes gardes. Je ne souhaitais pas bavarder. Leurs pantalons et leurs gilets de cuir noir étaient ornés de clous comme les bikers, ces motards qui forment de véritables gangs en Australie. Les deux Belges, eux, étaient très propres, un peu trop, l'habit ne fait pas le moine, ni le dur, loin de là.

Paul s'est installé tout à côté de moi. Il dégageait une chaleur immédiate. Ses yeux, son sourire, sa gentillesse. En quelques instants, on aurait pu nous prendre pour des amis. Le merlot commençait à me décontracter. Une douce euphorie s'est emparée de nous trois, en tout cas de moi. C'était un étrange triangle isocèle. Trois pôles sans doute assez opposés, mais une alchimie nous retenait et nous amarrait à une égale distance. Impossible de dire si l'un ou l'autre allait ce soir se rapprocher.

Paul racontait avec drôlerie sa croisière de la journée. Il en avait encore les traces de coups de soleil. Il avait plongé. Ils étaient assez nombreux sur le bateau, à ce qu'il m'a dit. Il avait même fait de la plongée en profondeur avec des bouteilles, il était émerveillé. De temps en temps un gros crapaud passait sans se presser entre les pieds de la table et les insectes enflaient le crescendo de leur concert. La nuit avait apporté un tout petit peu de fraîcheur et les flammes des bougies vacillaient mollement sur chacune des tables. Sans même prendre garde à ma présence, ils se sont mis à parler ensemble de la bagarre. Je l'avais presque oubliée, pris dans la langueur de la nuit et de leur charme.

— Qu'est-ce qu'il a fait, Sean, il vous a abandonnés en quittant le bateau ?

— C'est ce qui a dû se passer.

— Ce qui a dû ?

— Je ne l'ai pas vu. Ce matin il boudait. Pendant tout le temps où le bateau fonçait vers la barrière, personne ne parlait, nous étions tous un peu impressionnés, mais lui restait dans son coin. J'ai même cru que le bateau le rendait malade. Non, il ne parlait pas, c'est tout, d'ailleurs il ne nous a jamais parlé. Il a plongé lui aussi, il savait très bien faire, il est parti loin. Au retour, je crois qu'il a dormi dans une cabine et dans le minibus qui nous ramenait ici, il n'était plus là. Il avait dû se disputer sérieusement avec Gordon.

— C'est drôle, je ne vois pas Sean se disputer.

— Il a toujours l'air un peu méprisant. Sean a dû accumuler pendant longtemps et s'échapper tout d'un coup.

Je me suis mêlé au dialogue :

— Comment était-il, ce Sean ?

— Difficile à dire. Pas mal, sans doute, mais toujours dans l'ombre. Un peu fade, voilà.

Cela ne m'a plus beaucoup intéressé. Ils ont continué. Il y avait un peu de moquerie dans leurs propos. Je les ai regardés tour à tour et je les trouvais assortis. Le brun et le blond, l'âge de la maturité. Celui où le corps est le plus beau, enfin pour moi. Entre eux, il n'y avait aucun signe de connivence amoureuse, juste de la complicité.

Et subitement, à ma grande surprise, tout a tourné en ma faveur. Je ne m'y attendais plus. La plupart des dîneurs étaient partis se coucher, soit parce qu'ils étaient fatigués en arrivant aujourd'hui à Croconest, soit que la vision de la barrière de corail et le soleil qui leur avait tapé dessus toute la journée les aient épuisés. C'était le cas de Paul qui paraissait moins vif tout à coup, les paupières lourdes. Il a fini d'un trait son verre de vin. Il s'est levé, m'a serré la main avec chaleur et il a déposé un baiser très amical sur la barbe de Victor. Et il s'est effacé dans la nuit.

— Un petit bain ?

— Pas dans la mer, les jellyfishes…

— Ils t'ont très bien fait la leçon, elles ne sont pas si dangereuses que ça. La piscine ou le jacuzzi, à cette heure, c'est délicieux, tu vas voir.

Nous nous sommes retrouvés nus, dans l'eau bouillonnante, un peu à l'écart derrière la piscine, sous un eucalyptus et toute une végétation luxuriante et emmêlée. Il y avait des fleurs de frangipaniers, tombées du ciel sur le rebord, et d'autres que je ne connaissais pas. Il y avait son corps qui se rapprochait doucement du mien. Entre les bulles folles qui sautaient de partout et les étoiles qu'on apercevait par intermittence entre les arbres, je perdais un peu ma logique. Ses pieds contre les miens, sa main sur ma cuisse, ma gêne encore, son sourire.

— Ici, je ne suis pas très tranquille.

— La chambre ?

— Bien sûr, si tu veux.

Il voulait, moi aussi, la vie n'est pas plus com-
pliquée que cela, parfois. Nous nous sommes retrouvés dans la pénombre climatisée, son ombre
sur le mur, son corps sur le mien. C'est pour des
moments exactement comme celui-là que j'ai lar-
gué les amarres. Ce soir je ne regrettais pas ma décision, même si je sentais confusément que j'étais
en train de faire une vraie bêtise.

CHAPITRE 6

C'est vrai que c'était un peu intimidant. Il ne m'était jamais venu à l'idée qu'un jour je plongerais sous l'eau pour aller voir les poissons multicolores et les étoiles de mer. Trop claustrophobe. C'est pourtant ce que nous étions en train de faire et tout était silencieux. Dès la sortie de Port Douglas, qui n'est qu'une toute petite station balnéaire chic — mais très chic à ce que j'ai pu en juger le long du golf manucuré de l'hôtel Mirage —, tout le monde s'est tu pendant le trajet.

Le minibus de Ron nous avait emmenés à la marina, aux aurores. Nous étions serrés l'un contre l'autre, Victor et moi, ensommeillés et désinvoltes.

Il était encore tôt quand le cabin-cruiser, après avoir démarré doucement dans le chenal, s'est lancé à plein moteur vers la ligne d'horizon, vers cette barrière qui ne barrait rien du tout. Étaient-ils endormis comme nous, étaient-ils intimidés par le luxe du bateau, étaient-ils inquiets de voir surgir enfin les merveilles des abysses ou étaient-ils tout simplement rêveurs ? Je rêvais tant que je ne les ai pas vraiment observés tout au long du trajet.

Nous attendions tous quelque chose qui ne venait pas. Le reef est loin de la côte à cet endroit. Il faut presque deux heures à grande vitesse pour l'atteindre. Cela chatouillait notre imagination. J'ai été si ébloui ensuite que j'ai oublié des petits faits sans lien les uns avec les autres, sans signification évidente, mais qui, mis bout à bout, auraient dû alerter mon sens de l'observation. J'étais aussi là pour ça. Et je n'ai rien vu du tout, c'est Victor qui m'a raconté en rentrant, à voix basse. Mais je dois rester dans la chronologie, elle est importante.

Donc, l'émerveillement, d'autant plus fort que je n'avais rien voulu savoir auparavant. La barrière n'affleure quasiment jamais, même aux marées les plus basses. Ces récifs sont complètement immergés et à la fin la vedette avançait prudemment entre des masses sombres, cherchant des chenaux connus d'elle seule, pour finalement trouver un mouillage. J'ai su après que c'était l'un de ses lieux privilégiés, l'un des endroits où elle venait s'amarrer souvent. Ensuite c'était désert. Même si nous avions vu quelques bateaux partir en même temps que nous de Port Douglas, le reef est si grand qu'il n'y avait maintenant plus personne à l'horizon. Nous étions seuls, absolument seuls, au-dessus d'un paradis de coloriste. En Europe les poissons sont gris ou argentés, ici le fond de la mer sur ces coraux est une anarchie de tons, plus violents les uns que les autres. Les étoiles de mer peuvent être bleu Klein, les anémones sépia comme une vieille photo, les poissons rayés jaune et vert. Les bouquets de poissons minuscules nous jaillissaient à la figure comme des feux d'artifice en acrylique. C'est très facile, un masque, un tuba, des palmes et on avance sans se presser au milieu de cette palette primaire. Après, vous pouvez être saisi d'une sorte d'ivresse qui vous fait tout oublier. Le temps, le lieu mais aussi les dangers.

J'ai bien vu que l'équipage s'inquiétait de temps en temps, quand nous nous éloignions. L'hôtesse chargée de nous préparer le pique-nique a passé son temps à nous compter. Je me demandais bien pourquoi, nous étions moins d'une dizaine.

En y repensant, il y avait un contraste entre la nervosité de cet équipage — le pilote, le moniteur de plongée et l'hôtesse — et les quelques passagers assommés par le soleil et la beauté.

À bord, hormis l'hôtesse, il n'y avait que des garçons ; les deux lesbiennes n'étaient pas venues. Victor m'a dit qu'elles étaient avec Paul la veille. J'ai profité du lunch qui nous réunissait tous pour faire connaissance. C'était direct une fois de plus. Il y avait un Italien, solitaire et laid mais chaleureux. D'autant qu'il parlait très mal anglais. Il portait un discret anneau d'or à l'oreille et une petite chaîne autour du cou. C'était étrange avec ce crâne rasé. Il m'a tout de suite dit qu'il habitait Milan — encore plus étrange, un Piémontais laid.

— Qu'est-ce que tu fais ?
— De la plongée, comme toi, aujourd'hui.
— Et dans la vie ?

— Oh ! là, là, quel raseur tu fais !

J'avais été maladroit, assis sur une banquette de l'arrière-pont, chauffant au soleil comme un crabe, le corps enduit d'écran total. Nous nous sommes enduits mutuellement. Il était très bronzé, presque basané, sur un corps ferme. Il a convenu qu'il faisait des affaires dans le show-biz, mais j'étais sûr qu'il mentait. Rital et avec sa gueule, je le voyais très bien faire d'autres affaires dans les restos ou les boîtes. La communauté italienne, l'une des plus installées ici, est très investie dans la bouffe et la nuit.

Les deux Suédois étaient bavards et joyeux. Ils étaient là pour débuter un tour en Australie avant d'assister au « Mardi gras », le plus grand festival gay du monde à Sydney, fin février. La plupart profitaient de leurs devises fortes pour se payer des séjours de luxe. Il y avait aussi les deux zigotos assez bizarres dont Victor m'avait parlé hier soir, les deux Belges. La première impression avait été mauvaise mais j'ai changé d'avis au long de la journée, surtout sur François. Les shorts en cuir et les poignets de force ne lui allaient pas du tout, je l'ai senti sensible et intelligent. Il parlait sans arrogance mais il avait un savoir encyclopédique sur les poissons. Son copain bougonnait. Les plus étonnants restaient le couple d'Anglais qui parlaient avec les mains. Leur étrangeté ne venait pas du handicap de l'un des deux mais de la curieuse timidité de l'autre. Il n'osait pas engager la conversation. Je suis sûr qu'il traduisait à son ami tout ce que nous disions mais qu'il se réfugiait derrière la surdité de l'autre. Eux aussi ont passé une bonne partie de la journée à observer le monde du silence.

Tout le monde était très pudique, personne n'a songé à ôter son maillot de bain pour bronzer sur le pont, sans doute à cause de l'équipage.

L'équipage s'est disputé sans que je le remarque sur le moment. En apparence il n'y eut rien de remarquable, en apparence seulement. Dans l'après-midi, le temps s'est gâté. Tout est devenu sombre au moment où nous commencions à remonter à bord et à quitter nos équipements. Sans prévenir, le ciel s'est noirci. L'équipage s'est affairé sans précipitation pour tout ranger. Avant même qu'il remette le moteur en marche, une pluie torrentielle s'est abattue sur nous. Le cabin-cruiser est resté au mouillage à patienter. Nous n'y voyions plus à dix mètres. Et puis, quelques minutes après, tout s'est arrêté, le soleil est revenu.

— Vous avez de la chance, ce n'est pas très bon signe pour les jours à venir, ce sera plus difficile de plonger. C'est la saison des pluies.

Le soleil a aussitôt séché le pont. Tout était encore plus pur, la pluie avait nettoyé l'espace. Victor m'a entraîné à l'écart :

— Ce n'est pas normal, leur dispute.

J'ai dû avoir l'air ahuri, il a ajouté :

— Tu ne les as pas entendus ?

— Vaguement, je ne les ai pas écoutés, et toi ?

— C'était difficile, ils parlaient entre eux. Je pense qu'ils n'avaient pas envie que nous comprenions leurs propos.

— Sur quoi ?

— Phil, le moniteur, a retrouvé une palme au fond de la mer. Il y avait le nom du bateau dessus. Je l'ai vu la ramasser pendant que nous plongions. Sur le coup, il n'a rien dit. Évidemment, avec le tube à oxygène dans la bouche. En remontant il a attendu que nous soyons en train de nous doucher pour en parler aux autres, mais j'ai tendu l'oreille.

— Et alors ?

— Alors, non, je n'ai rien compris.

Victor a marqué un long silence. Après cette journée éblouissante, j'avais surtout envie d'un peu de tendresse. Le sourd-muet anglais s'était allongé en appuyant sa tête sur le ventre de son timide partenaire. Les Suédois Jan et Bjorn parlaient maintenant à voix basse, épaule contre épaule, une main de Bjorn à peine posée sur la cuisse de Jan et vice versa. J'aurais aimé que Victor se rapproche de moi. Je me suis penché vers lui — j'essayais toujours — pour lui dire :

— Je ne vois pas ce que cela a d'inquiétant.

— Sauf qu'ils avaient des mots très durs entre eux et que j'ai eu l'impression que c'était rare dans cette équipe qui navigue toute l'année ensemble.

— Tu romances un peu, tu ne crois pas ?

— Tu sais, l'Australie, c'est quand même le pays du monde où il y a le plus de disparitions inexpliquées.

— Tu es sûr que tu n'exagères pas ?

— Non, la mer est toujours dangereuse avec les requins. Et les crocodiles qui vivent à la frontière de la mer et de l'eau douce, à l'embouchure des creeks, surtout dans cette région et plus au nord encore, après le cap Tribulation. Et les jellyfishes. Et puis il y a les animaux sauvages sur la terre, les dingos, les serpents, tout particulièrement les brown-tigers parce que, eux, ils attaquent. Mais c'est la mer surtout qui est dangereuse ici.

— Tu essaies de me faire peur.

— Non, je t'explique un phénomène.

Victor était posé, logique, explicatif. Peut-être croyait-il, à cause de mon accent, que je ne saisissais pas tout son propos. C'était sans doute vrai. Il a poursuivi :

— Le cas le plus classique, c'est celui du couple.

— Gay ?

— Idiot, ça n'a rien à voir. Un couple se balade en voiture, arrive sur une plage déserte, se baigne très près du bord. L'un des deux est emporté par une lame de fond, même à trois mètres du rivage. L'autre tente de le secourir. Et quelques jours après on se demande pourquoi la voiture est abandonnée là.

— Laisse-moi profiter du soleil. Le capitaine m'a dit que, entre la barre et la côte, les requins étaient très rares, même si je tombe…

— Parfois il en arrive un banc entier…

— Arrête, s'il te plaît.

Il a fini par sourire lui aussi, j'ai adoré. Je le devinais tout à côté de moi, je pouvais même sentir la chaleur que sa peau avait accumulée tout au long de la journée, mais il n'a pas fait un geste pour me toucher. J'ai allumé un cigarillo et il m'a regardé avec sévérité.

Et j'ai savouré tous ces bonheurs, ce soleil déclinant, ce calme à peine troublé par le bruit continu mais assourdi des trois cents chevaux du moteur. Le retour sur une mer devenue paisible, la côte bientôt dessinée et cette torpeur qui s'était emparée de nous tous. C'est toujours ainsi, le retour après une journée en mer, en fin de soirée. Une paix rare avec soi-même et les autres malgré leurs défauts. Quelque chose de délicat et d'immatériel qui nous fait éviter les bonnes questions.

En rentrant à Croconest, tout le monde, tous ceux de la croisière, était bien dans le minibus de Ron, il nous a comptés. Victor est venu directement dans ma chambre. Nous avons pris notre douche ensemble et dans l'étreinte qui a suivi, avec douceur, avec lenteur, nous avions tous les deux dans la tête, j'en suis sûr, des jaillissements colorés, des feux d'artifice de poissons jaune et bleu roi, des bouquets d'anémones sépia.

Après, après l'amour, certaines de ses phrases me sont revenues en tête. L'une d'elles m'a fait frissonner. J'ai dit que c'était la climatisation et j'en ai profité pour me blottir de nouveau contre lui. En rentrant, en commentant la dispute de l'équipage, il m'avait dit :

— Tu sais, Ashe, je suis sûr qu'à un moment ils ont parlé de Sean, le copain de Gordon.

DEUXIÈME PARTIE

RÉCIT DE CLAUDIO

CHAPITRE 7

Jamais je n'aurais cru me retrouver un jour dans un endroit pareil. Tout ce que je déteste. L'inaction, l'absence de foule et d'issue de secours. Je suis là pour discuter et pour en repartir sain et sauf.

J'ai l'impression que tous me guettent. Je ne parle pas des animaux qui ont une chambre dans cette espèce d'hôtel avec ou sans vue sur la mer. Je parle de toutes les bêtes, les vraies, qui sont planquées autour. D'ailleurs, je crois que c'est leur territoire et qu'elles s'y sentent bien. C'est nous qui les dérangeons.

Pour un Italien comme moi, c'est l'endroit le plus absurde du monde, c'est bien une idée australienne. Je sais depuis longtemps que c'est un pays vide. Désertique et vide. Et ils construisent des bungalows de luxe dans le coin le plus isolé, à côté du cap Tribulation. Sans commentaire. Il n'y a rien après, et même les baroudeurs en 4 × 4, les Américains qui ont envie de se faire peur s'y risquent peu. À Port Douglas, tout le monde descend.

Je suis venu à Cairns, descendu à Port Douglas et plus loin encore, au bout de la route et quand je dis route, je suis gentil.

Donc, les animaux, je ne vois que ça ! Une plage *crocodile infested*, c'est marqué sur une grande pancarte à la sortie de Cairns. À côté, un motel et autour la sauvagerie à l'état pur sur des kilomètres et des kilomètres. Pas âme qui vive, pas la moindre église, évidemment. La jungle d'un côté, grouillante d'araignées et de serpents, de rats et d'insectes.

Et la mer, pourrie, de l'autre. Au début j'ai cru que mon salut viendrait de là. La chaleur, l'eau sombre, les petites vagues lentes, l'absence de marées, ce côté méditerranéen. Le vieux qui fait le taxi m'a tout de suite détrompé en me parlant des méduses. Je lui ai dit que chez nous aussi, près de Naples, il y en avait des tonnes. J'ai cru comprendre, mais je ne parle pas assez bien la langue, que ça n'avait rien à voir, qu'elles étaient beaucoup plus dangereuses. Depuis trois jours, sauf aujourd'hui sur la barrière, j'hésite à me baigner. Il faudra que je me renseigne encore, ce n'est pas une petite piqûre de méduse, même douloureuse, qui va m'empêcher de plonger. Il y a aussi des requins et en plus c'est poisseux. Poisseux surtout pour la tête. J'ai un peu de mal à aligner mes idées. Gluant dans l'esprit aussi, j'aime pas trop les pédés, même si je suis du genre tolérant.

Donc pas d'issue. Je me demande bien comment des mecs peuvent venir dépenser des fortunes pour se retrouver en vacances ici. Entre eux, c'est peut-être pour ça. Personne ne va venir les déranger. J'ai heureusement de grosses notes de frais. Où sont passés les bistrots animés, les foules anonymes, les rues grouillantes de voitures et de vie, les échappatoires ? Ici je n'en ai pas. C'est vraiment un drôle de job que j'ai à faire. Pourquoi moi ? Parce qu'il paraît que je suis à l'aise partout et secret. Je me demande si cela ne cachait pas d'autres sous-entendus. C'est vrai que je suis célibataire, que personne ne sait rien de ma vie privée, ça les agace.

Depuis trois jours que je suis là, les choses n'ont pas beaucoup évolué. En plus de l'angoisse du cul-de-sac, j'ai eu l'impression que tout le monde s'engluait dans la torpeur ambiante. Mais j'ai résisté à pire. Et à des attentes plus longues.

J'attends, je sais bien faire, l'air en vacances, mais personne ne s'est manifesté. Je sais bien qu'il y a le problème de la langue, ce *fucking english* que je comprends mal et ne parle pas assez bien. Cela ne facilite pas les rapprochements, quoique.

Le jour de mon arrivée, un jeune, genre surfeur du Queensland, m'avait donné ma chambre avec des explications à n'en plus finir. Le climat, le frigo, la télé, je n'ai rien compris, mais tout avait l'air de marcher.

Quand j'ai vu le trou où j'avais atterri, quand j'ai observé la terrasse et que tout semblait désert, j'ai eu envie de regarder les infos. Rien. Un western et un autre film où des jeunes mecs s'enculaient. Rien d'autre. J'ai voulu en savoir plus.

Je suis allé à la réception et j'ai rencontré Ken pour la première fois. J'ai tout de suite compris que c'était le patron de l'hôtel. Mais même s'il parlait une langue plus maniérée, elle était encore étrangère. En revanche, son regard en disait beaucoup plus long et je me suis demandé s'il ne posait pas un premier jalon sur le chemin de mes rendez-vous d'affaires. D'autant qu'après il y a eu cette dispute. Je n'ai pas de réponse définitive. D'ailleurs, trois jours après, j'en suis presque au même point de mes interrogations.

Revenons à Ken. Il m'a tout de suite regardé comme si j'étais la Vierge Marie. Avec mon poil dru et noir, mon crâne rasé, ma barbe de deux jours, mon nez de travers et mes épaules de nageur de water-polo, il ne pouvait pas y avoir de confusion. J'ai donc pensé qu'il était serviable. Il est tout de suite venu dans ma chambre, il a tourné les boutons du téléviseur et ça n'y changeait rien. Les chaînes de télé n'arrivent pas jusqu'ici. Mais les jeunes nus, dans toutes les positions, ça l'a fait rire, j'ai fait pareil, etc., etc. Et pourtant, vraiment, les mecs, ce n'est pas mon truc. Mais c'est vrai que ces gens-là ont un réel talent, une expérience humaine. Il m'a sucé en prenant tout son temps, j'ai joui sans prendre le mien. J'en avais bien besoin. Comme quoi, même en maniant mal la langue…

Enfin, aujourd'hui, un petit vent nouveau secouait les cocotiers. C'est depuis cette promenade en mer. J'ai longuement hésité avant d'y aller.

Est-ce qu'il fallait que je reste à l'hôtel pour attendre un contact ? Ou partir en bateau ? J'ai tergiversé toute la journée d'hier, ça m'a occupé l'esprit. Et puis Ken, avec son air d'enfant de chœur devant la Sainte Vierge, a insisté pour que je me décide. Une question de place sur le bateau. J'ai regardé la liste, j'ai eu l'impression que dans ceux qui allaient sur la barrière il y avait plus de types intéressants. Ken a voulu venir dans ma chambre pour remplir mon inscription, une histoire d'assurance, de passeport. J'ai refusé tout net. Les plaisanteries les plus courtes sont toujours les meilleures. Pourtant il est dévoué.

Toute la journée je les ai observés, c'était très instructif. Au début ils m'agaçaient, maintenant ils me font rire. Parfois même je les trouve sympas.

La folle belge par exemple. Ironiquement il s'appelle François, moi je dis Françoise et chaque fois ça le fait glousser. Ce matin tout le monde dormait au petit-déjeuner, il fallait prendre le bateau très tôt. Lui, en pleine forme, habillé d'un short de cuir, de gros godillots de chantier et d'un tee-shirt déchiré, il est arrivé sur la terrasse silencieuse et il a dit à la cantonade : « Salut, les filles. » Ça n'a fait réagir personne, sans doute à cause de l'heure matinale. Et partir loin en mer aux aurores, quelques-uns s'en contractaient l'estomac. Les Anglais et un des Suédois, j'ai bien vu.

Dans la journée j'ai pu parler un peu avec cette espèce de professeur Nimbus. Il sait quelques mots d'italien et il fait beaucoup de gestes. En fait ce n'est pas qu'il soit efféminé. D'ailleurs il cultive, avec son copain, le genre cuir, outils et travaux de force. Un style qui ne trompe personne. C'est plutôt qu'il n'est comme personne d'autre ici. Et personne ailleurs non plus, j'en suis sûr. Des éclats de rire, des éclats tout court, des toquades, des airs démodés qu'il chante à tue-tête et puis des réflexions astucieuses, décalées. C'est un type hyper-intelligent. Il m'a dit qu'il faisait de la recherche en biologie moléculaire. Je le crois. Parfois je me demande même si je ne pourrais pas lui demander un conseil.

J'ai voulu l'emmener faire un tour au-dessus des coraux. Ça me faisait plaisir et il était plein de bonne volonté. Il nage comme un crapaud mais ce n'est pas important. Ici il suffit de mettre la moitié de la tête sous l'eau, d'aspirer dans le tuba, pour voir le monde en Technicolor. Comme dans un film de Douglas Sirk, c'est le jaune surtout qui frappe. Mais là c'est *Écrit sur de l'eau.*

François a essayé au moins vingt fois mais il n'y est jamais parvenu. Cela ne l'empêchait pas de sourire mais rien à faire, un manque de coordination, un manque de relâchement, il ne parvenait jamais à respirer au bon moment dans le tube. Je n'ai pas voulu le noyer tout de suite, je n'ai pas insisté, d'autant que, en le ramenant à bord, j'ai bien vu que son mec, Max, était hors de lui. Je n'aurais pas dû demander à François de s'allonger dans mes bras, de se laisser aller contre moi pour tenter de trouver le rythme de sa respiration. Au retour, l'autre me lançait des regards noirs comme l'orage qui a suivi en fin d'après-midi. Après, je crois qu'il lui a fait une scène. La jalousie petite-bourgeoise ne nous est pas réservée. Notre Seigneur Jésus, protégez-moi pour toujours de la vie de couple.

Mais les choses bougent imperceptiblement, j'en ai eu l'intuition et je suis parti nager seul pour tout oublier quelques instants. Pour qu'au retour tous ces petits faits grappillés à droite, à gauche, ces impressions fugitives, trouvent une cohérence. Rien de mieux que les zigzags des poissons et les ondoiements des anémones violacées pour remettre de l'ordre dans mes idées. Petit, j'avais adoré *Le Monde du silence*.

Au retour, j'avais trouvé une première piste. C'est un Européen qui ne veut pas dire de quel pays il est. Une coquetterie. Il se fait appeler Ashe comme le joueur de tennis. Une espèce d'astuce avec son initiale, ça m'a paru loufoque. Il est grand et dégingandé. L'âge mûr, sans qu'on puisse donner de précisions. Chaque jour, il porte sur la tête un couvre-chef différent, mais toujours rouge. Hier, une sorte de panama, aujourd'hui une casquette de base-ball « Red Lions ». Sans doute pour masquer une calvitie, je l'ai vu quand il a nagé à la barrière. Une coquetterie. Il a aussi une élégance très européenne qu'ils ne remarquent sûrement pas. Chemise Ralph Lauren, bermuda Lacoste en jean qui doivent coûter cher alors qu'ici on trouve tout à quinze dollars, le crocodile en moins. Il dérange tout le monde avec ses petits cigarillos. Maintenant, il se contente de les mâchonner éteints. Et aussi, un sourire entendu à la Humphrey Bogart dans *Le Faucon maltais*. Je suis sûr que ce n'est pas un touriste ordinaire, mais on ne m'envoie pas monter des affaires pour que je me bute sur des détails pareils. En bavardant avec lui, j'ai compris qu'il allait me mettre sur une vraie piste. Il s'entretient. Il n'a pas voulu plonger avec les bouteilles mais je suis sûr qu'il savait le faire. Il a réagi exactement comme moi, comme s'il ne voulait pas s'exposer, ni prendre aucun risque. Il est malin parce que sous la mer on est vulnérable. Au motel, il va falloir jouer un peu plus vite que les autres. Et savoir où sont les joueurs.

Je crois bien qu'Ashe est intéressé à la partie, qu'il travaille sur les mêmes affaires que moi, mais il ne se montre pas encore. Cette façon agaçante de rester évasif sur ses origines, sur sa nationalité, sur sa langue même : ce n'est pas seulement une pose, il tâte le terrain, je n'en laisserais pas traîner ma main aux requins.

Il a l'air faux, voilà.

D'abord Ashe dit qu'il écrit. Peut-être vrai mais ce n'est qu'une couverture, sinon il ne perdrait pas son temps ici. Je ne crois pas un instant qu'il soit venu draguer. Il peut le faire où il veut, il a l'air libre. Un romancier doit avoir besoin de vie autour de lui pour alimenter son imagination. Ici, c'est mort. Et ce qui ne l'est pas encore, ce qui bouge encore un peu dans les remugles de paradis terrestre, finira bien par retourner à la nature, comme une charogne. Je m'égare, c'est la sauvagerie qui me donne ces humeurs, je suis quelqu'un d'assez sensible au fond, il ne faut pas me contrarier. Et son attitude m'a contrarié bien que je n'en aie rien montré.

J'ai parlé avec lui parce qu'il comprend l'italien. Nous nous sommes passé mutuellement de la crème sur le ventre et les pectoraux. Ils sont d'ailleurs développés, pour un mec de cinquante ans. Ce n'est sûrement pas le maniement du stylo ou de l'ordinateur qui lui donne cette réserve de force. Il a l'habitude de faire du sport et il ne le dit pas. Si je repense à la conversation que, les doigts tout gras, nous avons eue après, je me dis qu'elle était d'une banalité terrifiante. C'est là que cela devient intéressant.

— Vous êtes seul ?

— Pas pour le moment.

— Qui est votre partenaire ?

— Non, je voulais dire que j'étais avec vous, pour le moment...

Ce genre de dialogue. Comme j'ai paru surpris, il a prétendu que c'était la langue italienne, ce ton chantant, tous les clichés. S'il écrit ce ne doit pas être fameux. J'ai foncé :

— Français ?

— Pourquoi dites-vous cela ?

— L'ironie, l'accent.

— L'accent italien ?

— Enfin la manière dont vous le parlez mal.

— Comme pas mal d'autres langues. Disons que je suis européen, c'est plus simple.

65

— Et même si vous étiez français.

— Même, oui, je n'aurais pas honte.

Il esquivait tout le temps, l'air de se foutre de ma gueule. Mais il est resté aimable, crémeux et ironique à souhait. Ce qui a commencé à me mettre sur la voie, c'est qu'il nous observait tous avec beaucoup d'acuité. Il n'est pas là pour rêver. Il a rallumé son cigarillo pour dire :

— J'ai cru qu'il allait vous casser la gueule, Max. Pas commode. Il n'a pas apprécié la leçon de plongée que vous avez donnée à François. Il vous aurait tué net s'il n'y avait pas eu de témoins. Vous le faisiez exprès de l'agacer ?

— On ne fait jamais exprès. Enfin, avec les hommes en général.

Il m'a regardé plus attentivement. Le soleil cuisait sur le deck du cabin-cruiser. On risquait d'être rôtis et moi, j'ai senti que j'allais gaffer. Ce n'était pas grave en soi mais il était tout bonnement en train de me désarçonner avec ses mystères et ses sous-entendus.

Il avait déjà remarqué beaucoup de choses et ce n'est pas un hasard s'il a commencé à me les énumérer. Il l'a fait lorsque nous n'étions plus que deux sur le pont avant, que le soleil était juste au-dessus et que sans nos couches de crème solaire nous aurions commencé à sentir le barbecue. Il avait très bien remarqué François, son extravagance mais aussi sa gentillesse et son intelligence. Et le décalage avec Max, son ami jaloux.

Il a fait le tour des autres, posément, et à chaque fois il marquait des points, comme s'il voulait me mettre sur la piste. Brusquement Ashe m'a demandé :

— Et Gordon, vous le connaissez ?

— Celui qui s'est castagné avec le patron ?

— Oui, l'ivrogne d'hier soir.

— Il ne boit pas plus que vous ou moi mais il s'était disputé avec son copain avant que le copain en question ne se barre.

— Sean ?

— Il paraît qu'il s'appelle comme ça, en effet. Non, je ne les connais pas et c'est dommage. Je les ai seulement aperçus ensemble avant que vous arriviez. Je les ai manqués, je n'aurais pas dû.

J'ai terminé en riant, mais j'étais à deux doigts de penser que j'avais été trop loin, que je m'étais découvert trop vite. D'autant qu'il m'a regardé et qu'il m'a soudain demandé :

— Depuis quand êtes-vous là ?

— Vendredi, samedi, je ne sais plus, tous les jours se ressemblent ici, c'est comme au paradis. On n'en voit ni le début ni la fin, enfin bref ça fait trois jours à peu près.

— Alors, vous l'avez vu, ce Sean ?

— Comme tout le monde, la veille de sa disparition.

— Et alors ?

— Alors rien, il était très effacé, ils ne se sont pas disputés en public, à ce qu'on m'a raconté. Il devait avoir de bonnes raisons de se tirer.

C'était fini. Ce soir quand j'y repense, je trouve que ça ressemble vraiment à une approche. Comment sait-il que je suis venu pour faire du business avec Gordon et Sean ? Impossible d'en juger. Il cache son jeu.

Nous avons continué à rôtir sur le pont. Les autres étaient dans l'eau ou mangeaient des sandwiches à l'abri. Notre moment d'intimité n'a pas duré très longtemps. Il y avait des nuages menaçants et ça s'est agité du côté des plongeurs. Il m'avait parlé de tout le monde. À une exception près, Victor. Je n'ai pas osé lui demander car j'avais remarqué leurs petites taquineries. Je peux me fondre partout mais je ne suis pas encore à l'aise dans ce milieu-là.

CHAPITRE 8

Au dîner, l'ambiance était électrique. Loin d'être apaisé par la croisière, chacun avait repris des forces avec une bonne douche et peut-être une courte sieste et les caractères resurgissaient. Il ne s'agissait pas de disputes mais de piques lancées, toujours sur des plaies mal cicatrisées. Le plus âgé des Suédois (Jan ou Bjorn, je ne saurai jamais) a dit quelque chose devant tout le monde sur la futilité de son compagnon qui a stoppé net ce dernier dans ses pitreries.

Dehors, au bout du bar, il n'y avait plus aucun bruit, les insectes s'étaient tus, la mer se réservait, les grandes feuilles des cocotiers et des fougères géantes avaient stoppé leur élan. Les propos étaient tendus mais nous les tenions à voix basse.

Je ne veux pas en rajouter, mais parfois je pensais voir Ava Gardner remonter de la plage après un bain de minuit comme dans *La Nuit de l'iguane*. L'atmosphère doit bien finir par agir sur les neurones. Elle exacerbe mais en même temps force à se tenir sur la réserve, sinon ce serait la bagarre générale. Ashe était là mais il a mis longtemps à rejoindre les autres au bar. Cette fois il n'est pas venu me parler. En fait, il était saisi lui aussi par le changement d'ambiance. C'était tout à coup comme si le souffle nous manquait. La douche et les coups de soleil n'y pouvaient rien. Je suis sûr, à sa tête que j'observais à la dérobée, qu'Ashe a aussi ressenti cette impression de solitude extrême. L'arrivée annoncée de la tempête donnait à nos sentiments un caractère aigu, comme poncé à l'abrasif.

Je suis allé vers le bar et j'ai parlé aux uns et aux autres, notamment au plus jeune et au plus petit des deux Suédois. Bjorn en fait. Je ne pourrais pas le jurer mais j'ai l'impression que ce sont des touristes. Lui en tout cas, l'autre je ne sais pas, il se livre peu. Bjorn est volubile, extraverti et, pour se faire comprendre, il parle un sabir où il mélange cinq ou six langues. Il est toujours prêt à plaisanter. Mais je le sens vulnérable aussi, beaucoup plus que l'autre. Sans vouloir faire de morphopsychologie, une discipline qui m'a déjà rendu de grands services, je devine qu'il vient d'un milieu social moins aisé que l'autre et qu'il y a une sorte de hiérarchie dans leurs rapports, toujours à l'avantage du même. Le même, Jan, je ne dois pas le rayer d'emblée de ma liste.

Pour le sourd-muet et son copain, j'hésite. Ils ont l'air si largués par moments. Et j'ai vérifié qu'Ellis était un vrai sourd-muet. Quoique ? Quelle formidable couverture ! Thomas, c'est l'autre, a fini par me parler mais j'ai dû insister, ils ne décollaient pas l'un de l'autre. Il lui a traduit tout ce que j'ai dit. Le reste du temps, ils se parlent ces deux-là, ils se parlent sans arrêt. Mais que peuvent-ils bien se dire ?

Et puis Gordon est arrivé et la tension s'est accrue. Il était bien différent de la veille. Il paraissait vieilli. Sobre, hautain, deux ou trois remarques acerbes m'ont fait comprendre qu'il n'avait rien perdu de son agressivité. Même s'il l'a totalement masquée pour échanger quelques mots avec moi. Que des banalités, la langue toujours, mais j'ai senti une détermination, presque une fureur. Il a bu une bière au goulot en me parlant de l'Europe. J'ai reconnu des noms de villes.

Dès le début il a su que j'étais venu pour négocier et pas pour me bronzer. Il m'a fixé. Était-il toujours comme cela ? Peut-être, peut-être pas. Voulait-il vraiment engager la partie ? Le seul moyen de le savoir, c'était son ami, Sean. Dès le départ je savais que j'aurais affaire à un troisième pour la traduction et aussi pour tout le reste puisque ce Sean était partie prenante. J'ai demandé de ses nouvelles comme j'ai pu. Pour toute réponse je n'ai obtenu que des gestes d'impuissance. Je voyais qu'il ne voulait pas en parler devant les autres mais j'ai bien compris que Sean était introuvable. Et que Gordon avait peur.

Ashe est allé chercher ses deux amis. Ils forment un trio étrange et je me demande ce qui les rapproche. Je n'aimerais pas qu'ils soient dans le coup. Ils sont arrivés sans se presser, chacun à leur tour. La nuit était tombée depuis bien longtemps. Je ne crois même pas qu'ils soient venus ici ensemble, pas Ashe en tout cas. Ils ont chacun leur chambre mais ça ne signifie rien. Ils peuvent faire ce qu'ils veulent de leur cul, ce n'est pas cela qui m'intéresse. C'est leur complicité. Ils s'entendent comme larrons en foire.

Victor et Paul se sont installés à la table d'hôte mais au bout, pas très loin de moi. Ils avaient des choses à se dire et ils me lançaient de temps en temps des regards complices. La jeunesse de Victor, sa présence physique, sa beauté même, l'aisance de Paul, sa blondeur, leur sourire à tous les deux, la manière qu'ils avaient de me faire entrer dans le cercle sans me forcer, tout ça me rendait perplexe.

Et leur entente. Je n'arrivais pas à croire qu'ils ne se connaissaient que depuis deux jours. Un Américain, un Australien, un Européen. Le sexe n'explique pas tout. Je sais que, dans la vie gay, il y a des rencontres de hasard, très courtes, une nuit ou quelques heures, qui rendent parfaitement heureux. Dans la vie hétéro aussi, mais c'est plus rare. Étaient-ils si heureux ? Ils n'en avaient pas l'air. Non pas qu'ils aient l'air d'être malheureux, c'était au-delà. Ils n'avaient pas cet air stupide des gens comblés. Il se dégageait d'eux plutôt une énergie, une volonté. À la réflexion je crois que tout vient de Victor. Il a quelque chose de plus, juste au-dessus de tous les autres, simplement dans son physique. L'autre, le troisième, Paul, a de la séduction, c'est autre chose.

Victor portait une très jolie chemise bleu ciel qui accentuait son hâle et l'étrangeté de ses yeux. Il a blagué avec les autres tout au long de la soirée mais en gardant cette retenue qui le laissait un peu en marge, oui un peu au-dessus. Je le devinais astucieux, même plus, intelligent. Plus compliqué que son physique impeccable ne le laissait supposer. Un regard au bleu foncé presque violet, capable de rester immobile, comme les yeux d'un reptile. Mais un regard terriblement vivant qui ne laisse rien passer, la précision d'un radar.

Paul est plus fluet, plus souple et sa force vient des expressions de son visage qui intriguent tout en mettant en confiance, la douceur d'une anguille. De toute la soirée, c'est le seul qui soit allé parler à Gordon que tous tenaient à distance. Et quoi qu'ils fassent, Victor et Paul nous attiraient tous. C'est à ces deux-là qu'il faut attribuer le charme auquel nous succombions par moments.

À ce stade de mon récit, je n'ai aucune certitude sinon l'inquiétude que j'ai tout à l'heure inspirée à Gordon. L'atmosphère d'un endroit tient à deux-trois détails et souvent à la première sensation physique. Parfois on ne ressent rien, ni au bout de deux heures ni au bout d'une semaine. Ici c'est l'extrême de l'illusion. Dès les premiers instants, Croconest vous assaille d'un terrible poids, celui de sa nature envahissante et de l'angoisse qu'elle engendre. C'est de cela que je dois me défier. Au-delà de la balustrade de la terrasse, le calme était devenu total, rendant plus effrayant encore le gouffre sombre que l'on devinait derrière.

Nous nous observions et une sorte de lien, au-delà du langage, a fini par s'installer. C'est Paul qui parlait tout le temps, il les faisait rire. Longtemps après, après le café, l'un d'entre eux s'est détaché de leur groupe et de la table d'hôte qu'ils avaient investie pour venir s'asseoir en face de moi. C'était Ashe. Il a commencé au moment où une fleur de frangipanier atterrissait dans ma tasse. Bille en tête.

— Gordon s'est activé toute la journée.

— C'est-à-dire ?

— Il a mené son enquête, il est allé à Port Douglas, il a interrogé sans en avoir l'air tous ceux qui étaient à Croconest aujourd'hui.

— Et Ken ?

— Ken n'est pratiquement pas apparu. Paul m'a dit que Gordon avait refusé de le voir. C'est vraiment tendu entre ces deux-là.

— Et tout à l'heure, au bar, qu'est-ce qu'ils se sont dit ?

— Ce que savait Paul. La seule chose dont il se souvienne, c'est que Sean n'était pas dans le car quand Ron les a ramenés de Port Douglas. Mais à vrai dire, personne ne s'est préoccupé de lui. Il se souvient de lui pendant le lunch, dans son coin, et après Paul pense qu'il est allé dormir dans une cabine. Et quand ils sont descendus du bateau, plus personne n'a aucun souvenir, il y avait du monde sur les pontons de la marina. Tous les bateaux rentraient du reef au même moment.

— Et à Port Douglas, Gordon a appris quelque chose ?

— Il est resté dans le vague, mais il veut alerter la police.

Je n'en ai pas appris beaucoup plus ce soir-là. Je me demandais simplement pourquoi ces trois-là me mettaient dans leurs confidences. Ils savaient bien eux aussi que, depuis hier, les choses étaient en train de se dérégler. J'ai tout de même su ce que fait Victor, son métier. De l'informatique, du multimédia. Ashe m'a expliqué cela sans y connaître grand-chose. Les logiciels, les jeux, les portails, les outils de recherche. Ce que savent faire les gens de cette génération, une manière de voir le monde. D'ailleurs, Paul et lui se sont absentés plusieurs fois pour envoyer des mails. Quand je les ai quittés, ils sont restés tous les deux seuls dans la nuit, toujours sur la réserve, et je me suis dit que, pour un mec de trente ans, le bel Australien manquait de laisser-aller. *Under control.*

CHAPITRE 9

C'est aujourd'hui que les choses doivent se décanter, sinon ce sera un plan foireux. Cela arrive de temps en temps. Ici j'aimerais bien réussir. *Struggle for life*, comme ils disent. Comme ça, je sais des mots, des expressions, cela fait quand même quelques mois que je suis ici en Australie, mais je n'arrive pas à suivre une conversation complète ni surtout à en mesurer toutes les subtilités. Je manque de nuances.

J'ai bien tenté ce matin d'aller plus loin. Après le breakfast, Paul m'a proposé une balade. C'était l'opportunité, j'y ai cru. D'autant que j'avais senti un manque d'entrain général. Une paresse, personne ne voulait rien faire. Les nuages pesants s'étaient installés comme un couvercle au-dessus de notre havre ou de notre prison, au choix. Tout était gris et venteux, un air lourd, un vent hypocrite. Les nouvelles à la radio étaient franchement mauvaises. Le cyclone était passé sur la Nouvelle-Calédonie et nous allions bien finir par en prendre un coup de queue sur la tête.

François parlait encore, toujours ces plaisanteries au féminin. Je n'étais pas le seul à en être lassé. Pour faire bonne mesure, il les répétait en deux langues pour qu'elles n'échappent à personne et ne semblait pas s'apercevoir que les rires étaient forcés.

Cela agaçait aussi Ashe. Il a dans les yeux quelque chose de bienveillant. Ce sont surtout ses yeux qui lui donnent sa personnalité, sa sympathie, car il en dégage. Ce n'est pas irrésistible, c'est facile. Il parle, on l'écoute, on n'a même pas envie de le contredire. Il a les cheveux un peu frisés, blonds, coupés moins court que la plupart des gays aujourd'hui. Il les cache sous un bob défraîchi couleur framboise. Depuis deux jours il ne se rase plus, ce qui lui donne un visage vaguement chiffonné comme on le faisait dans les années soixante-dix. Il dégage surtout une impression de calme et d'énergie domptée, c'est quelqu'un de très maîtrisé avec beaucoup de poils blancs sur la poitrine dans l'échancrure de la chemise Hugo Boss. Depuis trois jours je n'avais pas remarqué qu'il s'enfermait pour travailler. Je pense toujours que ce dandy n'est pas là seulement pour écrire. C'est tout. Si Dieu ou les bêtes féroces tout autour me prêtent vie, je finirai bien par savoir ce qu'il bricole.

Paul n'a eu aucun mal à me convaincre de sortir. Oui, mais sortir où ? À part la route qui avait dû être taillée à coups de machette et qui finissait par disparaître dans la jungle après l'hôtel, à part la plage qui butait des deux côtés contre d'abruptes falaises rocheuses, et qui était gagnée elle aussi par la végétation de la rainforest. Mais nous n'allions pas faire les cent pas sur la grève dans un sens, dans l'autre. Il m'a fait découvrir le passage presque secret d'un chemin le long d'une creek. Il s'agit de ces rivières à moitié souterraines qui surgissent de la montagne par endroits. Elles sont si enfouies sous les feuilles et les branches qu'on ne les remarque pas.

Paul paraissait connaître le chemin par cœur. Il sautait par-dessus les troncs ou se servait des pierres plates pour franchir la creek et remonter de l'autre bord. Sous un gros arbre il s'est soudain arrêté.

— Je sais ce qui s'est passé avec Sean.

— Il est parti.

— Non, il est resté.

— Ici ?

— Non, sur le reef.

Je n'étais pas sûr de le comprendre, d'abord parce que nous ne parlions pas la même langue, même si je lui découvrais des dispositions pour les langues latines dont il n'avait pas fait étalage jusque-là. Il avait un vocabulaire très étendu en français et en italien au-delà de toute grammaire. Cela fut bien suffisant tout au long de l'escalade dans la forêt pour saisir où il voulait en venir. Il fallait un temps d'adaptation. Il fallait surtout que j'accepte sa version des faits. Au début j'ai eu du mal.

— Répète.

— Il est resté sur le reef.

J'avais été au même endroit la veille pour observer les poissons et son hypothèse paraissait bien improbable. Le reef est une barrière de corail qui s'étend sur des centaines de kilomètres mais c'est une barrière sous-marine, elle n'affleure jamais la surface, ni à marée haute bien sûr, ni même à marée basse.

— Il n'a pas pu rester dessus.

— Probablement pas.

— Mais alors, il est…

— Probablement.

Nous n'avions pas fait cinq cents mètres mais j'étais déjà trempé, je manquais de souffle, c'est exactement ce qu'il voulait. Peut-être commençait-il à pleuvoir, d'ailleurs. Le chemin devenait de plus en plus sombre au fur et à mesure que nous progressions vers le haut. Je n'avais déjà plus un poil de sec, ce qui dans ce genre d'endroit ne signifie pas grand-chose. Peut-être était-ce seulement la sueur. La tête me tournait : je commençais à imaginer concrètement ce que voulait dire l'hypothèse de Paul.

— Pourquoi penses-tu tout cela ?

— J'ai fait ma petite enquête moi aussi. J'ai parlé avec Gordon et je crois qu'il est en train d'arriver aux mêmes conclusions.

— C'est-à-dire ?

— Ce que je t'ai dit.

J'étais abasourdi. Il m'a expliqué qu'à son avis, Sean, toujours en retrait, avait plongé comme les autres. C'était un gars assez costaud, plus mince que maigre, qui parvenait souvent à se faire oublier. Il parlait peu et ce jour-là Gordon n'était pas avec lui.

— Alors on l'a peu remarqué à l'aller, chacun dormait plus ou moins, ce devait être pareil hier.

Le souffle me manquait de plus en plus mais Paul continuait à grimper au même rythme.

— Tout le monde a plongé dans le désordre. Ici, tu as vu, ils te laissent plonger avec des bouteilles en ne te donnant que deux ou trois conseils. Pourtant la plongée demande de l'expérience.

— Mais, quand même, vous vous en seriez aperçus.

— Aperçus de quoi ?

— S'il avait disparu.

— Pas si sûr. As-tu pensé à regarder tous les autres hier ?

— Je sais qui était avec nous.

— Sur une quinzaine, je suis sûr que tu en oublies facilement un ou deux.

Nous étions de plus en plus englués dans une espèce de pénombre infinie de végétation millénaire, mais nous luttions. Paul continuait :

— Ma théorie, c'est qu'il a eu un problème et que les responsables du bateau ne s'en sont pas aperçus. Gordon a la même idée et c'est pour cela qu'il a averti la police.

— Il l'a fait ? Et alors ?

— Ils ont compris tout de suite. Ce n'est pas la première fois que cela arrive.

Je n'arrivais pas à me faire une opinion parce que je ne connais pas Paul ou si peu. Je me demande d'ailleurs ce qu'il fait là. Il a le même âge que Victor, je crois. Inutile de dire qu'ils sont de loin les plus jeunes de l'hôtel. À trente ans on ne vient pas se dorer la pilule dans un endroit pareil à moins que ce ne soit pour draguer. En ce cas, je suppose qu'ils doivent être déçus, quoique… Paul décolore ses cheveux sur le dessus, mais bon. Il a quelque chose de souple et d'animal qui le fait bouger plus vite que les autres et qui intrigue. Il est à l'aise avec son corps, il était à peine essoufflé.

Moi, j'imaginais.

La moins pire des solutions, si Paul disait vrai, était que Sean avait eu un malaise sous l'eau ou une perte de contrôle. Alors il se serait noyé, son corps ne serait pas remonté et l'équipage ne se serait pas aperçu de sa disparition. Hier ils avaient l'air un peu agité sur le cabin-cruiser. C'est ce même bateau qui fait la croisière tous les jours.

Il y avait une autre hypothèse, plus terrible. À l'approche du soir les marins ne doivent pas avoir envie de s'attarder. Sean aurait nagé plus longtemps que les autres sous l'eau où l'on perd vite la notion du temps. Quand enfin il serait remonté à la surface, il se serait trouvé seul avec la mer pour tout horizon. Un slip de bain et deux bouteilles d'oxygène pour toute protection. Et des coraux aiguisés et parfois venimeux pour poser ses pieds palmés une fois de temps en temps à marée basse. Et devant lui, juste un sillage. Alors il aurait attendu.

— Mais alors il… ?

— Oui, c'est pourquoi ils ont déclenché une procédure de recherche.

Nous étions arrivés au bout. Du chemin et de ses hypothèses. La creek disparaissait sous des feuillages plus épais et, s'il n'y avait eu la sueur, l'humidité et la lourdeur de toute cette pourriture autour, j'aurais frissonné.

Je ne sais pas et je ne saurai sans doute jamais quel est le rôle de Paul là-dedans. Il voulait peut-être simplement m'en mettre plein la vue. L'enfermement, la pesanteur, le cyclone qui approchait, tout ça devait le perturber lui aussi. Il a changé de sujet.

— Tu y crois, toi, que le cyclone va nous tomber dessus ?

— Il n'y a pas à y croire ou pas, Paul, la météo l'annonce, elle connaît le chemin qu'il prend, il va juste falloir se protéger.

— Il est encore temps de partir.

— C'est ce que tu vas faire ?

Paul s'est retourné vers moi. J'avais à peine repris mon souffle après cette longue ascension, dans cette ambiance « infernale » au sens dantesque du mot. Disons que je me sentais un peu comme Fitzcarraldo perdu en Amazonie et qui décide de faire passer son bateau par-dessus une montagne. Je ne voulais pas échouer dans mon job qui paraissait pourtant de plus en plus impossible à accomplir. Paul s'était tourné vers moi. Plus que jamais il avait l'allure, pas seulement le visage, d'un enfant émerveillé et effrayé à la fois.

— Je n'ai jamais vécu de cyclone, c'est le moment ou jamais.

J'étais complètement trempé, le bruissement du ruisseau qui rebondissait de pierres en racines couvrait les autres bruits de la forêt. Je transpirais tant que j'étais mouillé jusqu'au fond du pantalon.

— C'est ce que tu es venu voir ? Pourquoi as-tu choisi Croconest ?

— C'est peut-être une erreur, mais autant en profiter.

J'ai essayé de relancer le sujet sur Sean, mais en redescendant Paul était moins disert. J'ai insisté.

— Et après, qu'est-ce qui a pu lui arriver ?

— Il n'y a pas trente-six solutions, ils ne le retrouveront jamais. Pas entier en tout cas. Il a sûrement dérivé à marée haute quand ses pieds n'accrochaient plus le reef. Après, il y a l'épuisement probable et les requins s'il respirait encore au bout de quelques heures. Et les crocodiles si les courants l'ont porté jusqu'aux plages du nord. Ils pullulent par là. On en aura la confirmation dans quelques jours.

Paul boudeur et moi rendu muet, nous sommes redescendus côte à côte, comme nous pouvions. Je ne suis même pas parvenu à lui poser d'autres questions sur sa venue à Croconest. Et puis il filait comme un adolescent et je ne voulais pas qu'il puisse penser une seule seconde que je n'étais pas assez affûté pour affronter quoi que ce soit. Je devais être quand même secoué parce que je n'ai pas vu arriver Gordon. J'étais perdu dans les abysses d'un monde en décomposition. Peut-être que j'en faisais partie aussi.

Gordon cherchait Paul, il savait qu'il était parti par là, il n'a pas dû apprécier que je sois avec lui. Pas à ce moment-là. Ils ont parlé très vite en anglais et Gordon me tournait le dos ostensiblement. Il cédait à l'affolement. Paul m'a juste dit en italien que l'équipage du bateau avait avoué avoir retrouvé une des palmes prêtées à Sean. Au moins ils n'avaient pas remonté le corps accroché à la coque, comme le corps de Maurice Ronet ramené par Delon au bout de la quille du yacht de *Plein soleil*. Paul m'a expliqué la découverte de l'équipage tout bas comme s'il me faisait une confidence anodine et puis il s'est esquivé. Voilà pourquoi je me méfie de lui aussi. Il est capable de s'esquiver sans que l'on puisse réagir. Sa vivacité, sa souplesse. Il avait disparu derrière un gros arbre après avoir sauté le ruisseau.

Bref nous étions seuls, Gordon et moi, face à face. Et cela ne servait à rien. Je devais discuter avec lui et je savais que ce serait serré. Mais le seul qui pouvait nous servir d'interprète était Sean, son associé qui parle italien. Parlait ? Ce que nous avions à nous dire ne devait tomber dans l'oreille de personne d'autre. Il s'agissait de lui sauver la mise au moment où ses affaires allaient mal. Mais il pensait peut-être que nous, les Italiens, voulions tout bouffer. Et il devait avoir peur de moi. C'est pourquoi il fallait discuter serré.

Discuter avant d'agir. Mais nous ne pouvions pas le faire sans Sean. Alors nous étions désarçonnés et nous le savions ; pendant que le corps de Sean flottait sans doute entre deux eaux, à moitié dévoré par les requins ou déchiré par les mâchoires d'un crocodile. Peut-être.

C'est ce « peut-être » qui me faisait rester à Croconest.

Je savais qui était Gordon, son énorme business, son absence totale de scrupules, ses inimitiés. Et l'obligation qu'il avait de se protéger. Ici nous étions en terrain trop découvert pour penser même à nous protéger. Au milieu des lianes, des feuilles immenses, des branches cassées, des arbres pourrissants, de la mousson envahissante et du silence soudain des insectes, nous étions comme des cowboys solitaires, forcément, dans la grande rue poussiéreuse, forcément. Comme dans la plupart des westerns. Seuls, face à face. Mais cela ne servait à rien parce qu'il fallait d'abord nous comprendre. Cette fois nous pouvions nous faire toutes les grimaces du monde, nos pistolets n'étaient pas chargés. J'ai quand même essayé.

— Sean ?

— Ah !

Il a eu un geste de surprise, il a mis ses mains dans ses poches mais je savais bien qu'il n'était pas armé, j'avais vérifié du coin de l'œil dès le début. Et soudain il a fait le geste de la brasse devant lui, plusieurs fois, et son visage a pâli douloureusement. Cette esquisse d'explication résumait toute l'absurdité de la situation à laquelle nous nous trouvions confrontés.

Tais-toi et nage. C'est ce que nous aurait fait dire Audiard dans un film français des seventies.

CHAPITRE 10

Nous sommes rentrés côte à côte, sans un mot, et c'est à ce moment-là que la pluie s'est mise à tomber. Avant, ce n'était rien, après je ne sais pas, mais maintenant je sais ce qu'est la pluie. Rien à voir avec un gros orage sur les pentes du Vésuve. Les chutes du Niagara, minimum.

Revenir fut difficile. Malgré les arbres, malgré la touffeur il fallait nous tenir pour ne pas tomber et ne pas nous égarer. Je savais que nous n'étions plus très loin de la route mais le rideau de brouillard et la violence des gouttes nous faisaient perdre tout sens de l'orientation. S'il n'y avait pas eu la pente et les rives du ruisseau qui se gonflait à vue d'œil, nous n'en serions sans doute jamais sortis. Enfin c'est ce que j'imagine parce que je suis dans un mauvais jour et qu'il n'est pas facile de recevoir toute l'eau d'une lance de pompiers sur la tête. C'était à peu près ça.

Mais nous étions tout près, vraiment tout près. Nous avions fait la plus grande partie du trajet du retour en redescendant avec Paul, un peu avant. En sautant le fossé gorgé maintenant de cette eau qui envahissait tout, je me suis soudain demandé où Paul avait bien pu disparaître.

Gordon n'y voyait rien derrière ses lunettes. Il portait de grosses lunettes d'écaille comme on en faisait en Italie dans les années soixante. Cela lui donnait, avec la moustache, un air de producteur à Cinecittà. Mais sa peau est plus rouge que celle des Italiens, que la nôtre. Il la doit à son sang irlandais et à l'alcool. Il est encore assez svelte et, même en short avec sa légère bedaine qu'il ne peut masquer, il en impose toujours. Il est allé directement au bar.

Je suis parti me changer mais c'était comme si nous ne pouvions plus nous sécher. L'eau s'infiltrait partout. Après avoir enfilé une chemise propre j'étais déjà tout trempé en passant de mon bungalow à la galerie. Ils étaient maintenant tous sur la terrasse, consternés, regardant le rideau liquide de tous les côtés de l'auvent. Derrière on distinguait à peine la piscine, juste les bulles qui constellaient sa surface.

— Ce n'est que le début.

Ashe m'a attiré à sa table. Les cataractes soudaines avaient rendu tout le monde silencieux, d'ailleurs il fallait hausser la voix pour se faire entendre. Les deux lesbiennes étaient reparties avec Ron ce matin pour reprendre l'avion à Cairns et nous n'avions pas revu le chauffeur de la journée. Ken s'était réinstallé à la réception comme s'il attendait des clients. Lui aussi avait l'air préoccupé. Comme tous, disséminés aux quatre coins autour des petites tables. La table d'hôte était déserte. Un Suédois avec l'autre Suédois, le sourd-muet anglais avec son ami et ainsi de suite. Devant le danger chacun revenait à son quant-à-soi. Gordon les toisait, accoudé au bar en sifflotant un whisky dont il remuait les glaçons d'une façon agaçante.

Ashe m'a attiré à sa table au moment où Victor s'en éloignait en me faisant un petit signe. Victor a un beau corps massif et une démarche puissante. Ashe m'a dit en regardant vers Gordon :

— Cela n'arrange pas ses affaires.

— Quelles affaires ?

— Tu sais bien, Sean, tout ça. Et puis c'est un businessman, Gordon, non ?

— Oui mais il doit pouvoir tout diriger d'ici, c'est tellement simple maintenant.

— Sauf que le téléphone est coupé.

J'ai accusé le coup discrètement, le plus discrètement possible. La nature autour, derrière l'immense rideau de pluie opalescent, se refermait tranquillement. Ashe ajoutait :

— C'est ce que Victor est allé vérifier. Ça l'ennuie de ne plus pouvoir se servir de son ordinateur pour ses mails. Quand Gordon s'en est rendu compte, il a voulu filer à Port Douglas.

— Pour l'enquête ?

— Je crois que les flics ont du nouveau sur Sean mais Ken a refusé catégoriquement qu'il prenne une voiture.

— Il lui en veut ?

— Peu importe, mais la route est impraticable, il aurait pu être emporté par un torrent.

Le piège. D'autant qu'Ashe ajoutait avec un regard ironique :

— Tu sais, Claudio, on est vraiment bloqués ici pour un moment.

J'ai fait celui qui s'en foutait, c'était loin d'être le cas. Il a dit encore :

— Ken est l'employé de Gordon et j'ai appris que c'est Gordon le grand manitou de toute l'affaire. L'hôtel, la plage, la piscine, le terrain autour, les bungalows, tout lui appartient.

J'ai juste répondu très naturellement :

— Je savais, ce n'est qu'une petite partie de son business. De leur business. N'oublie pas Sean.

Il me semblait maintenant que, plus les autres en sauraient sur Gordon et ses trafics, mieux cela vaudrait, et j'ai poursuivi :

— C'est pour ça que ça m'a étonné quand ils l'ont cogné hier.

Ashe m'a dit :

— Rien à voir, c'était à propos de Sean. C'est ce que disent les jeunes.

— Sa disparition, oui…

— C'est plus ancien, ça date de la semaine dernière. Sean et Ken ont baisé ensemble, ce ne devait pas être la première fois, Gordon n'a pas apprécié, il a fait un scandale.

Ken et Sean ? Je n'aime pas quand que le sexe se mélange aux affaires, ce n'est pas dans ma culture. Chez moi, on évite. Les lesbiennes parties, il ne restait ici que des hommes et pourtant je me sentais étranger. Ou étrange ? C'était comme à l'école autrefois, les gars avec les gars et les filles avec les filles. Plus tard, je n'ai jamais cessé de fréquenter une société d'hommes. Simplement ici ils ne jouent pas aux durs. Ils sont naturels. Ils sont durs quand il le faut, sensuels et carrément directs quand ils veulent.

Seuls entre poissons mâles, servis dans l'eau tiède. Bjorn, le jeune Suédois, était soudain devenu muet. Son visage glabre et pâle parcouru de temps à autre d'un tic nerveux. Son blond compagnon, Jan, était lui devenu sourd — et à Bjorn et à tout ce qui se passait autour. Ses regards se perdaient dans le vague comme s'il avait fumé un pétard un peu trop fort, ce qui était probable. Plus loin à une autre table, le couple british et sourd-muet n'agitait plus les mains que pour grignoter un croûton de pain. Michael, le barman, commençait à frétiller parce que personne ne se décidait pour le lunch.

C'est à ce moment que c'est arrivé. Je savais bien qu'il manquait quelque chose ou quelqu'un. Inconsciemment l'absence de Paul me taraudait mais je devais faire un blocage, je n'en avais même pas parlé à Ashe. Ce n'était pas cela.

Soudain une chanteuse hystérique a déboulé au milieu de nous comme sur une scène chauffée à blanc par une ambiance, un public. Ici la pauvre fille n'avait qu'une dizaine de zombies devant elle, elle hurlait une chanson de Dalida. J'ai mis longtemps à me rendre compte que c'était du play-back. J'ai mis longtemps à me rendre compte qu'elle était un peu trop maquillée, un peu trop longue de jambes. Pour le reste ça y était.

Le sourire débordant des lèvres, les pas de danse esquissés avec application et force moulinets de bras, comme pour décrocher les cœurs. Le fourreau lamé, serré à la taille, qu'elle avait fine, fine, fine. Un fourreau argenté qui, ici, ne reflétait aucune lumière. Mais elle mettait tant d'énergie dans le roulement des « r » qu'on aurait pu croire à une chanteuse napolitaine. C'était juste la voix de Dalida qui hurlait *Pour ne pas vivre seul* dans la sono.

C'est comme ça que je l'ai reconnu. Un moment le parolier lui fait dire que « l'on voit des filles qui vivent avec des filles et l'on voit des garçons épouser des garçons ». La chanson était choisie avec soin. Vers la fin, j'ai senti un léger décalage entre le mouvement des lèvres et la musique, notamment quand l'icône affirme qu'on n'a « jamais fait de cercueil à deux places », et j'ai soudain compris qu'on était bien en Australie, le pays qui a inventé *Priscilla folle du désert*, le pays qui cultive ses drag-queens comme les Anglais leurs bégonias : avec respect et tendresse.

Je les avais vus à l'œuvre au Newton Hotel, quand j'ai débarqué de Naples pour ce job et que je commençais à tourner dans le milieu. Newton est l'autre quartier gay de Sydney, après Oxford Street, un peu sale. Newton est bon enfant, soft et plus branché. On vient en groupe pour jouer au billard pendant que les drag-queens chantent sur des play-back de Shirley Bassey ou de Donna Summer. Le disco convient mieux que la techno pour ce genre d'exercice. Ça ne m'avait pas déplu. J'avais seulement trouvé, et je me suis fait la même réflexion devant cette Dalida-là, que cela manquait d'ambiguïté. Tout pour l'image, le jeu. Plus grand-chose pour la sensualité, la drague. Restait la queen. Et celle-ci était parfaite.

Oui mais qui ?

Je crois que les autres ont mis aussi longtemps que moi à la reconnaître, même quand elle a eu fini de chanter et qu'elle a salué en se tordant une cheville. Elle avait des platform-shoes rouges et hautes de dix bons centimètres, ce qui n'est vraiment pas commode quand on chausse du quarante-deux. C'est le mouvement de Max vers l'électrophone, un peu avant le début du show, qui m'a mis la puce à l'oreille.

C'était François, il n'a pas réapparu tout de suite. Il nous a laissés mariner dans notre jus malgré nos applaudissements. D'un coup il nous avait tous sortis de notre torpeur. Max s'était replongé dans son livre, un sourire toujours aussi méprisant sur les lèvres. Je ne sais pas ce qu'aurait dit sa mère, celle qu'il cite à tout bout de champ, en voyant leur numéro de duettistes si bien réglé. Je ne sais pas ce qu'aurait dit cette brave femme — brave, forcément brave —, tolérante paraît-il, en voyant son fils s'accoupler avec une chanteuse aux cuisses de déménageur. Parce que François a l'air Nimbus comme ça, dans la lune et un peu efféminé quand il parle, ce qui convenait bien au décolleté pailleté pour la chanson, mais j'avais remarqué à la piscine que sous la ceinture il avait tout ce qu'il fallait. Cette fois il avait tout planqué sous le fourreau argenté. Il avait dû y passer la matinée. À se maquiller, à peigner sa perruque blonde, à se faire les ongles et tutti quanti.

Mais le résultat valait le coup. Et s'il avait voulu nous secouer, il n'aurait pas mieux trouvé. Et les voix ont dominé la cascade du ciel qui n'arrêtait pas une seule seconde. Chacun y allait de ses souvenirs, de ses anecdotes délirantes des « Mardi gras » des années précédentes. Ils ont évoqué les chars des travestis brésiliens ou celui des pompiers de la ville, la parade sur Anzac Parade ou les parties extasiées la nuit suivante. Ils étaient comme des enfants. Comment ils étaient habillés ou déshabillés, qui ils avaient rencontré ce soir-là. Ils vont tous, chaque année, à cette Gay Pride devenue le premier événement touristique du pays. Et qui transforme petit à petit Sydney en capitale mondiale des homos. Ce qui veut dire aussi un pouvoir d'achat, un marché, du business. Côté luxe, côté fringues, côté drogue, de tous les côtés à la fois. Il y a des gens qui savent faire cela très bien, comme Gordon. Encore faut-il que le hasard et les éléments ne s'en mêlent pas.

En principe à Mardi gras il fait beau. En principe un mois avant, ici, au nord, sur la côte tropicale, c'est la saison des pluies. Il pleuvait et nous l'oubliions presque. J'essayais de me faire oublier.

Ils n'étaient pas censés savoir que je n'y connaissais rien à leur « Mardi gras ».

Ken est venu jouer les rabat-joie. Il avait suivi la performance de François appuyé au chambranle de la porte qui donne sur le patio. Gordon est sorti discrètement.

— La météo est vraiment mauvaise, je vais vous casser les pieds. Ce n'est plus un avis de tempête qu'ils ont envoyé, c'est une alerte.

Il nous a expliqué. Cela arrivait de temps en temps. Le cyclone approchait, il allait faire de gros dégâts. L'essentiel était qu'il ne blesse personne. Alors il fallait suivre les instructions à la lettre, il a bien répété « à la lettre » et nous étions une nouvelle fois comme des gamins. Mais dans ces pays-là, ils prennent les catastrophes naturelles au sérieux, sans doute parce qu'ils n'ont pas d'église pour venir gémir et prier la Madone après.

Les routes étaient coupées ou en passe de l'être. Nous ne devions plus sortir des limites de Croconest et les instructions données à la radio — la télé venait de s'arrêter — étaient de nous préparer avec un sac léger en cas d'évacuation. Ken a ajouté que nous devrions l'aider dans l'après-midi à barricader les bungalows. Il a ajouté que l'hôtel avait été conçu pour ça.

Je n'étais pas franchement rassuré et les autres non plus. Ici la nature m'a l'air plus forte que ceux qui veulent la dompter. Et, si les premiers dégâts du cyclone ne nous avaient pas encore touchés, je me demandais comment il fallait appeler les bourrasques et la douche géante qui commençait à nous noyer. Ken avait l'air sûr de lui. Il ne doit pas aimer l'inactivité, ce type. Ni sans doute casser la gueule à son proprio. C'est le genre de choses qui détériorent toujours les relations de travail. Bref.

C'est encore François qui nous a sortis de cette nouvelle assommante. Décidément, il avait l'art du contre-pied. Il nous avait égayés un court instant mais Ken nous avait ramenés sur terre et quand je dis terre, je ne sais plus de quoi je parle car la frontière aquatique n'était pas très précise et le ciel continuait de nous tomber sur la tête sans discontinuer.

François a fait une nouvelle entrée et nous avons encore été saisis. Il avait changé de perruque, noire cette fois, beaucoup plus courte. Le maquillage n'était plus exagéré, juste pour cacher les taches sombres au bas du visage. François a même de beaux yeux clairs quand il ne les masque pas derrière ses lunettes de savant. Son tailleur était simple mais d'un goût exquis. Une veste rouge sur bustier rose, à peine décolleté, des perles de bon goût sur un collier qu'il triturait de ses doigts épais. Il avait pris soin de laquer ses ongles en rouge fuchsia, coordonnés avec le tailleur. La jupe noire, droite, serrée, s'arrêtait au-dessus du genou. Ses jambes étaient rasées et si ses cuisses sont fortes, je l'ai dit, le galbe de ses mollets donnait le change. Il est venu vers nous à pas langoureux, sur une paire d'escarpins beaucoup plus normaux. En hauteur s'entend, le prix je ne sais pas. Il s'est assis sous les applaudissements, Max n'avait pas bougé de sa table.

Tout le monde est venu l'embrasser. C'était Bjorn le plus excité. Il riait et battait des mains, il libérait la tension qui devait l'habiter lui aussi à cause de cet emprisonnement. François s'est assis, il nous a regardés en souriant l'un après l'autre. Son rouge à lèvres était de la même couleur que ses ongles, au gramme près. Il a passé un bout de langue dessus puis souri de nouveau et croisé ses jambes, ce qui faisait remonter sa jupe assez haut. En balançant son pied chaussé de satin noir, il nous a dit d'une voix inquiète :

— J'ai peur tout de même que cet ensemble ne soit plus à la mode.

La seule chose qu'on aurait pu lui reprocher, c'est qu'il n'avait pas le sens de la mesure. C'était trop maintenant, il se laissait entraîner.

Ils commençaient à m'ennuyer. Pas François, je le trouvais courageux et drôle avec tant de sérieux, cette façon d'en vouloir. Mais les autres, les Suédois, le sourd-muet, l'Américain, Michael, tous, je les trouvais futiles, voilà. Je me demande bien au nom de quoi je pouvais les juger.

Heureusement qu'il y avait la barrière de la langue, ainsi je pouvais me fondre dans le décor sans trop d'efforts, je ne suis pas obligé de comprendre et de m'expliquer à tout bout de champ. Sinon, qu'aurais-je à leur dire ? Qu'ils sont attendrissants ? Attendrissants et sans doute cruels, enfin pas tous.

N'empêche, pendant ce temps-là, pendant que François amusait la galerie avec ses mines, ses minauderies et ses gamineries, pendant que Max s'était replongé ostensiblement dans *Guerre et Paix*, pendant que Bjorn sautillait tout autour, Paul était revenu sans que personne s'en aperçoive. Je finirai par croire que ce type a un charme particulier qui nous endort, nous tourne la tête tout en finissant par nous faire sourire. *Paul is back*. Cherchez l'erreur.

CHAPITRE 11

C'est pour sortir de ce charme, de cet ensorcellement, que j'ai fini par m'enfuir sur la plage. Dehors, la pluie avait cessé et le vent soufflait maintenant d'une manière épaisse, insistante. Des coups de gueule, des coups de force. C'était un souffle hostile, uniforme, comme s'il voulait retrousser la forêt qui déborde sur la mer. Les grandes palmes au-dessus de ma tête s'agitaient en se tortillant comme des moulins à vent efféminés.

Les vagues n'étaient pas plus fortes que d'habitude, rompues plus loin sur la barrière de corail. Il ne restait que de petits rouleaux sans grande méchanceté et c'est cela qui m'a donné envie de me baigner. Bien sûr il y avait les méduses, leurs fameuses jellyfishes. Mais je ne voulais pas nager, seulement me vider la tête. Le temps était toujours couvert, d'un gris uniforme et dense, une perte infinie de repères. Le ciel était-il bien au-dessus de nos têtes ?

C'est avec ce genre de questions qu'on commence à perdre pied. Enfermés dans le plus grand espace possible, prisonniers sans barreaux, seulement les piquets que nous mettions fictivement en terre pour nous empêcher de franchir les limites. Comme les piquets rouges indiquant les bouteilles de vinaigre. Prisonniers de notre propre angoisse.

Je suis tout près d'échouer. L'homme est en face de moi depuis deux jours. Je pourrais négocier avec lui, le tuer aussi peut-être et je n'en ferai rien, ni l'un ni l'autre. Je ne suis pas capable de lui parler. Ma seule consolation, c'est qu'il est dans le même état d'esprit. Il pourrait, il devrait, il voudrait sûrement. Et il ne peut pas lui non plus. Son business va en prendre un coup mais le plus important pour lui, ce n'est pas cela, c'est la disparition de Sean.

Ici on dit *partners* pour deux hommes qui vivent ensemble, comme s'ils fondaient une affaire commerciale, comme s'ils construisaient une nouvelle société. Gordon et Sean ne sont peut-être que cela. Je n'ai pas l'esprit en trou de serrure et de toute façon je ne suis pas venu pour ça.

Je suis là pour traiter avec eux, même si on me dit intraitable.

En enlevant mon tee-shirt et en sautant par-dessus les petits rochers qui délimitent la première plage, je serrais les poings. Une chose est d'échouer, une autre est de rester pour un temps indéfini sur le lieu de son échec. Nous ne pouvions avancer que si Sean revenait et cela paraissait bien improbable. Je frissonnais en repensant à ce qui lui était probablement arrivé sur le reef. Je pensais à ce moment où il avait dû sortir la tête

hors de l'eau après une plongée un peu trop longue, cet instant où, dans le soleil aveuglant qui
commençait à descendre tout droit vers la ligne
d'horizon, il n'avait vu que les derniers bouillon-
nements d'un sillage. Avait-il crié ?

Victor, toujours un peu perdu dans ses rêves, le
beau Victor avec qui j'ai fini par parler, dans une
sorte de pidgin du sud de l'Europe, m'a dit que cela
était déjà arrivé plusieurs fois. Que le fait divers
avait déjà fait la une des journaux quand un couple
de plongeurs américains, Thomas et Eileen Lonegharn, avait été oublié de la même manière il y a
peu de temps à Saint Crispin Reef, un peu plus
au sud. Et que quelques mois plus tard une octo-
génaire américaine — encore — avait, elle aussi,
disparu en faisant seulement du snorkelling, c'est-à-
dire de la nage en surface avec le masque et le tuba.
Ursula Kluton, c'était son nom, était une sorte de
grand-mère volante et liftée, habituée au parachute
et à la descente de rapides en canoë. N'empêche,
on n'avait jamais retrouvé son corps. Pourtant
c'était à Azincourt Reef, un endroit très fréquenté
par les compagnies touristiques de navigation.

— Tu en sais, des choses…

— On en parle beaucoup ici quand ça arrive,
dans les journaux télévisés, à la radio, les Australiens adorent les histoires de disparition. Et puis,
ce n'est pas comme chez vous en Italie, nous
n'avons pas beaucoup d'autres choses à raconter.
À part le sport.

— Tu n'aimes pas le sport, Victor ?

— Ça dépend lequel…

Il a dit cela avec cette pointe de vulgarité et cette grande louche de bonne humeur dont les Australiens sont coutumiers. Je n'ai pas pu m'empêcher de lui demander :

— Mais, dis-moi, c'est pour ça que tu es venu ici, justement ici ?

— Et toi ?

Je me sentais pris de court. Il avait sûrement compris que je n'étais pas un simple touriste.

— Le dépaysement, je suppose…

— Disons que moi aussi, ça change de l'écran de l'ordinateur, mais ce n'est pas tout à fait comme je pensais.

— Tu es déçu ?

Il n'a pas répondu, il s'est tourné vers moi bien en face et c'est vrai qu'il a une présence. À cet instant, je l'ai trouvé mystérieux et sûr de lui mais nous n'avons pas continué, aucun de nous deux n'en avait envie. Je m'étais aventuré trop loin.

Sur la plage on ne peut pas dire que c'est loin, là où j'étais, à deux cents mètres à peine. Mais je me suis senti mieux parce qu'un petit éboulement et un buisson de lianes entremêlées me cachaient de leur vue. J'ai commencé à me déshabiller complètement en regardant les franges d'écume qui venaient lécher les premiers rochers. L'eau était aussi grise que le ciel et pas beaucoup plus fraîche. En y entrant, je l'ai sentie collante, un peu huileuse.

J'ai plongé.

Et j'ai repensé aux jellyfishes, ces foutues méduses, et j'ai perdu tout mon courage lorsque quelque chose s'est enroulé autour de mon pied, j'ai sauté hors de l'eau beaucoup plus vite que je n'y étais entré. Comme si j'avais reçu une décharge électrique. Ce n'était pas cela, seulement une algue longue et brune.

Je suis retourné m'allonger sur le sable. C'était frais et je me suis mis à bander. Ce n'était pas désagréable, même pas gênant puisqu'il n'y avait personne. Et mes rêveries se sont mises à l'unisson. Était-ce la promiscuité qui nous collait les uns aux autres depuis deux jours, la liberté des corps ou la lourdeur du temps ? Était-ce tout simplement l'abstinence, enfin presque, ou le besoin d'évacuer mon échec, j'ai eu envie de me branler.

Je me suis mis sur le dos, j'ai gardé les yeux entrouverts, de toute façon je ne voyais pas grand-chose, les oiseaux se terraient et le gris noyait tout. Il y avait juste le bruit des vagues, ce ressac lent et assourdi par l'atmosphère cotonneuse. Je voyais se découper sur le ciel des visages, des corps habités, des sexes multiformes et des culs sculptés. Le vent mélangeait tout ensemble et remuait les feuilles froissées derrière moi. Jusqu'à ce que la jouissance monte et se confonde avec le crépuscule qui avançait enfin. Quand j'ai ouvert les yeux, j'avais le torse humide et le monde s'était encore obscurci. J'ai eu l'impression que l'obscurité de la forêt derrière moi s'était étendue. Mais ce n'était pas ça, c'était une ombre, une vraie, et j'ai pensé que quelqu'un d'autre avait partagé mon plaisir.

TROISIÈME PARTIE

RÉCIT DE FRANÇOIS

CHAPITRE 12

Je suis belge, et alors ? Ça les fait toujours rire quand je dis ça, enfin je ne sais pas si c'est cela qui les fait rire.

Au début, j'ai eu peur de m'ennuyer dans ce trou perdu. Dans les journaux gays, gratuits, qu'on distribue à Sydney, Croconest Resort est présenté comme le paradis des tortues, des crocodiles, et des gays. Ils auraient pu ajouter : des tordus. On comprend tout de suite à l'annonce que c'est un endroit haut de gamme : deux ou trois mots disséminés, l'ironie évidemment et les indications de prix. Je me méfie terriblement des paradis, je dois être un démon. Ce sont des endroits aboutis, sans nécessité, sans recherche (scientifique), sans scénario, sans progrès possible. L'art de la progression, tout est là.

Les publicités sont heureusement mensongères. En fait de paradis je suis tombé directement en enfer en moins de deux jours. Il ne se passe plus une heure sans qu'une nouvelle catastrophe nous tombe dessus ou qu'un drame éclate. On ne s'ennuie pas une seule seconde. Max est furieux, nerveux, angoissé, tout ce que j'aime chez lui. Un bon coup de fouet, c'est ce qu'il mérite, mais je n'ai même pas le temps de m'en occuper. Il parle encore plus de sa mère, si c'est possible. Il voudrait la voir juste pour raconter tout cela à quelqu'un qui l'écoute. Eh bien non, il ne le pourra pas, il va en souffrir. Tant mieux pour lui, il adore ça.

Je m'égare. Pas question de perdre le fil, je vais tenter de tout dire avec précision, même si c'est difficile parce que, ici, tous les repères se désagrègent. On perd la notion de la distance, du temps. Fait-il chaud ? Fait-il froid ? Je ne sais plus, dans cette tourmente. On perd aussi toute certitude, moi qui l'aime tant dans mes travaux, mais ce n'est pas plus mal, je me désintoxique. On perd même tout repère affectif : ce que je dis sur Max, je ne le pense pas, évidemment, c'est le garçon le plus gentil du monde, c'est un amour, c'est le mien.

Nous vivons des aventures entre *X Files* et *Les Quatre Dromadaires*. Entre le docu animalier dans un coin ignoré de la planète et le feuilleton quasi surnaturel. Je suis en train de me transformer à cause de ce qui nous arrive, tout cet illogisme, la succession des faits, les rebondissements et même les conséquences pratiques (que faire d'un cadavre lorsqu'on est bloqué par un ouragan sur une plage déserte ?). Je deviens l'héroïne, pardon le héros, d'un feuilleton très trendy : mauvais sentiments, nature somptueuse et relations paroxystiques. Parfois je me demande si je suis un des acteurs du scénario ou si je suis en train de rêver. Suis-je une victime, pauvre victime innocente de l'intrigue ? Ou bien suis-je, à mon corps défendant mais à mon esprit consentant, en train de manipuler les autres ? À défaut de trouver une réponse, je me contenterai de relater les faits comme un bon journaliste ou de noter toutes les phases de l'expérience comme un bon physicien.

Tout a commencé quand je leur ai servi mon show numéro trois, le play-back sur Dalida. J'avais seulement dit à Max que j'allais les faire rire, ce qu'il a accueilli avec une moue mi-chèvre mi-chou. Il redoute parfois mes élans. Celui-ci partait d'une bonne intention, je voulais leur changer les idées. Parce qu'ils étaient mal, je l'avais vu. Et depuis un moment.

En fait tout a commencé quand nous sommes arrivés dans cette enclave. J'ai compris que toutes mes tenues, tout ce que j'emporte dans trois valises pas plus, ne me serviraient pas à grand-chose dans ce trou perdu. Je pensais trouver une fête permanente au bord de la mer, un night-club, quelque chose qui brille avec beaucoup de monde autour. Il n'y avait que cinq ou six couples dispersés dans la journée et à peine réunis le soir au dîner. Heureusement il y a une table d'hôte où les meilleures copines se rassemblent. Les autres, j'ai l'impression qu'elles font la gueule. Plus tard j'ai pensé que ce ne serait pas plus mal de se retrouver face à face, Max et moi, histoire de voir à quoi nous ressemblions toujours. « Non, non tu n'as pas changé... » Enfin j'espère, j'espère toujours que mes poignées d'amour ne débordent pas trop, que Max a encore un sourire qui reflète sa générosité, que nous ne faisons pas seulement semblant de jouer au couple.

En fait, nous n'avons pas eu le temps de faire quoi que ce soit.

En fait, il y avait déjà une très mauvaise ambiance. Tout s'est aggravé quand j'ai chanté. Pas à cause de moi, je crois que je leur proposais une diversion, le petit Suédois était fou de joie, il s'appelle Bjorn ou Jan. Je l'ai gâté comme à Noël. Mais tout se détraquait sans que j'y puisse rien. J'avais bien vu que ça ne tournait pas rond. Et, c'est vrai, je n'aime pas me produire devant un si petit, si petit... public. J'aime les hommes, les applaudissements, c'est si rare d'être récompensé dans la recherche scientifique.

À vrai dire, tous ces types ne sont pas du tout mon genre. En arrivant j'ai eu un bon feeling avec Ken, le patron. Belle gueule, assez grand, le mec qui vieillit bien, le cuir tanné. Je me suis même demandé s'il n'aimait pas se faire tanner le cuir. Mais dès le début, j'ai vu que c'était plutôt lui qui tapait. Sauf que ça n'avait plus rien à voir, ils se sont frappés pour de bon avec un autre vieux, enfin son âge, un peu plus que le mien. J'ai horreur de la violence sauf pour jouer et jouir. Depuis deux jours, j'ai compris qu'on ne joue plus.

Je leur ai chanté *Pour ne pas vivre seul*, je ne savais pas comment ils allaient réagir, en fait ça s'est bien passé. Je fais de la recherche en biologie moléculaire, ce doit être pour ça que j'aime bien mélanger les gens, les chromosomes et les ambiances.

Venons-en au fait. J'ai commencé à comprendre après la chanson, quand je suis revenu. À partir de là, après les avoir tenus en haleine, je leur ai tenu le crachoir, c'était mon rôle dans le scénario. Le problème, c'est que je m'étais trompé d'intrigue. Ce n'est pas ça du tout que j'aurais dû faire, parce que, pendant que je parlais, je n'ai pas pu voir tout ce que faisaient ou ne faisaient pas les autres. J'ai demandé à Max après. Il a beau être le plus adorable des garçons de la plage, il n'a rien voulu me dire, il a prétendu qu'il ne savait rien. Mon cul ! D'habitude il observe tout mais je crois qu'il avait l'estomac noué.

J'abrège.

Je suis revenu, j'avais mis un tailleur tout simple. J'ai essayé de faire encore le spectacle, j'ai essayé de les faire marrer mais l'atmosphère était trop lourde. Atmosphère, atmosphère... Cette fois il ne s'agissait pas de le dire avec l'accent traînant, c'était plombé et nous étions tous en train de nous paralyser sans réagir. Alors je les ai laissés en plan, je suis allé me démaquiller et en pénétrant dans la chambre j'ai dit à Max, plus boudeur que jamais — au fond il boude tout le temps, il serait temps que j'en prenne conscience —, qu'il valait mieux aller faire un tour. Il a eu l'air halluciné.

— Et la tornade ?

— Leur petit coup de torchon ?

— On ne peut plus sortir.

— On va le faire quand même, elles me font chier, toutes ces folles.

Il a boudé mais il m'a suivi. Ce n'est pas souvent que je fais mon autoritaire mais là il en allait de notre survie, Max a dû le comprendre. C'est l'angoisse qui crée l'enfermement, pas l'inverse. J'agissais selon un principe de réalité : entre deux maux, choisir le moindre et les moutons seront bien gardés. Si j'avais su ! Enfin de toute façon il fallait bien que quelqu'un le découvre.

Nous sommes sortis, Max et moi, par la terrasse de devant. Autant qu'ils nous voient tous et qu'ils ne pensent pas que nous essayions de filer en douce. Ken était sur le pas de sa loge de concierge, l'air bizarre, il nous a vus passer. J'ai senti son regard dans mon dos et ça m'a chauffé les reins... Tintin ! Il n'a pas fait d'observation, de toute façon il nous avait laissé un délai de grâce avant de barricader l'hôtel contre les assauts de la tempête et il semblait penser à tout autre chose.

Nous avons longé la plage, ce n'était pas réjouissant avec un Max ronchon d'un côté et la mer agressive de l'autre. Pas vraiment agressive, juste une langueur hostile. Campée sur ses teintes grises. Déjà que je n'avais pas trouvé ici le night-club dont je rêvais, le palace pour me faire applaudir... côté soleil, tropiques, sable chaud et culs bronzés, c'était franchement raté. Max en a rajouté.

— Tu es content, tu leur as fait ton numéro ?

— Pourquoi tant de haine ?

— Ne réponds pas à côté. Dans ce trou, j'avais honte pour toi, j'ai cru que tu ne t'en sortirais jamais.

— Les distraire, les distraire, c'est tout. Tu as vu dans quel état ils sont, toi aussi...

— Passe encore pour Dalida mais après, qu'est-ce que c'était que ce numéro de « Thé à Buckingham » ? Ma mère dit toujours qu'il faut savoir refermer la boîte de gâteaux. Tu n'as pas su.

— Ta mère me fait chier.

Il a été saisi. Je ne sais pas ce que Max pense de moi, tout au fond de lui, pourquoi il reste avec moi, ce genre de trucs qu'il vaut mieux ne jamais trop éclaircir. Mais tout à coup je n'avais plus peur de rien. Ni de la tempête, ni de lui, ni de la solitude, ni de sa mère. Elle est terrible. Elle est capable de vous faire rentrer dans la gorge votre meilleure humeur avec le sourire par-dessus, elle s'en tamponne. C'est la femme la plus égoïste du monde, un jour je le lui dirai, peut-être plus tôt que je ne le pense moi-même, un jour... Je n'avais plus peur de rien et pourtant je savais que nous étions vraiment dans la main de Dieu pour quelques heures. Dans ce cas-là, les sentiments sont à nu. J'ai aussitôt fait preuve de lâcheté en lui balançant ce que j'avais sur le cœur.

— Tu es bête, égoïste et capricieux. J'avais envie de te le dire depuis longtemps, voilà.

Il m'a regardé mais l'effet de surprise ne jouait plus. Il affichait ce sourire qui fait tomber les coins de la bouche, celui du mépris.

— Madame n'a pas eu assez d'applaudissements cet après-midi, c'est ça !

J'ai compris en un instant ce que me disaient mes amis depuis des mois, des années peut-être et que je n'avais jamais écouté. Max est un cliché à lui tout seul. Une chose est d'être blessé, une autre est de vouloir répondre de façon vache. Mais le faire en alignant des lieux communs devient impardonnable. Au milieu de nulle part où nous étions, se moquer de ma performance n'était que la première idée banale qui pouvait venir à l'esprit d'un pédé. Cette espèce de méchanceté automatique, il l'utilisait pour appuyer là où ça ne me faisait justement pas mal. En un après-midi poisseux sous les tropiques, dans un hôtel qui ressemblait au tambour mal réglé d'une machine à laver, je prenais conscience de mon aveuglement sur la vraie nature de mon partenaire. Et aussi de ma veulerie car inconsciemment je savais depuis longtemps pourquoi j'étais resté avec cet imbécile. Ce n'est plus le sexe même si nos petites cérémonies SM nous rassemblaient encore de temps en temps, ni l'ecstasy qui aide aussi à oublier certaines choses. Ce n'est plus la complicité car par moments je crois bien qu'il me déteste. Ce n'est pas le fric, nous en avons autant l'un que l'autre. Il a hérité de son père et son job de financier lui permet de vivre très correctement, moi je me débrouille à l'université. Non, c'est seulement le manque de confiance. Au fond je n'ai jamais pu penser que quiconque puisse trouver de l'intérêt à un vieux mou comme moi, passionné de sciences abstraites. Incapable de se distraire autrement qu'en se travestissant de la façon la plus vulgaire. On a de soi l'estime qu'on mérite.

Après avoir marché deux cents mètres sur la plage, nous étions déjà essoufflés. Le vent et la méchanceté bouffent de l'énergie. Le vent nous ballottait et la méchanceté nous avait abasourdis, elle est plus fatigante à dire qu'à faire. Après la pointe de rochers dévorée par la rainforest, Max s'est arrêté, il regardait quelque chose en bordure des vagues.

— Il est énorme !

— Comme ta connerie.

— Écoute, François, arrête, c'est peut-être un requin.

Mauvais signe, il m'appelait par mon prénom. En général il utilise une batterie de petits noms que je me garderai bien de reproduire ici. Il continuait mais il était perplexe.

— Ou un dauphin, enfin un gros poisson.

— Plus gros que tu ne crois et cette fois nous sommes vraiment dans un roman noir.

C'est vrai que cela aussi c'est un peu cliché. Mais je me réfère à ce que j'aime et j'aime mes références. Pendant ce temps-là, Max pâlissait de plus en plus, ce qui est un comportement très banal quand on se trouve face à une telle réalité.

— Tu crois que… vraiment ?

— Oui, je le crois et pas seulement parce que je suis biologiste, mais j'observe et je vois.

— Alors ?

— Oui, il est mort, ça c'est sûr.

— Et c'est qui ?

— Il faut le retourner mais j'ai une idée.

Le corps était raidi en travers des vagues et il n'était plus ballotté que par de faibles secousses, par le mouvement exténué de la mer. C'était celui d'un homme plutôt corpulent mais encore assez jeune. La largeur de son fessier, son assise si je puis dire cela d'un homme allongé pour le compte, se voyait d'autant plus que les traces blanches du maillot de bain ne s'étaient pas estompées au soleil manquant de Croconest. J'ai demandé à Max de m'aider pendant que je le prenais par les épaules, même si son crâne rasé et sa chaîne en or ne laissaient planer aucun doute.

— Hors de question que je le touche !

— Prends-le par les pieds, tu ne vas même pas te mouiller.

— Et s'il est mort ?

— Il l'est, de toute façon.

Je ne pouvais m'empêcher de penser — et dans ces moments-là, je le jure, c'est dur d'avoir l'esprit distrait — que Max réagissait comme une mégère de moins de cinquante ans, comme si sa mère lui soufflait à l'oreille sa conduite. Il est un petit peu plus jeune que moi, mais pas beaucoup. Normalement c'est un adulte. Normalement.

Bref, j'ai tiré le corps sur la plage et je l'ai retourné. Ce qui m'a d'abord frappé, comme le détail incongru lors d'un enterrement, c'est la taille de sa queue. Même au repos elle avait des proportions exceptionnelles. J'ai pensé qu'il devait avoir beaucoup de succès dans les backrooms. J'ai souvent des pensées impures. Là, avec la tempête, la colère du vent et tout le tralala, ça me sauvait. Sinon, notre découverte avait de quoi nous rendre zinzins.

Oui, même au repos, sa bite était de belle taille. Même au repos éternel. Claudio ne verrait jamais les grandes palmes se tordre et s'arracher à l'arrivée du cyclone. Depuis le début je savais que c'était lui.

CHAPITRE 13

Max perdait les pédales, ce qui ne m'a pas étonné, il a toujours été hyperprotégé par ses parents. Ils n'avaient pas dû lui apprendre que la mort existait. Depuis plusieurs jours je savais qu'elle rôdait, pas seulement à cause de Sean. C'est pour cela que je leur avais fait Dalida.

J'ai dû me débrouiller tout seul pour remonter un peu le corps, Max était au bord de l'hystérie.

— Écoute, on ne peut pas le laisser là.

— Je ne le toucherai pas.

— C'est juste un corps sans connaissance, d'ailleurs il y a peut-être quelque chose à faire, mentis-je.

— Je suis sûr qu'il est déjà froid.

— Ce n'est pas ce qu'on dit d'habitude des Italiens.

J'essayais n'importe quoi mais je trouvais que la moindre des choses à faire était de garder une chance de lui donner une sépulture, même si je soupçonnais que nos corps, et le sien surtout, étaient déjà menacés par cette pourriture qui guettait chacun de nos faux pas. Claudio venait d'en commettre un. Max a répondu, dans son registre habituel :

— Comment oses-tu plaisanter ?

Comment, oui ? Pourquoi n'ose-t-on pas plus souvent, c'est bien là la question.

Inutile de dire que le retour sur l'étroite bande de sable, vers les bungalows où les autres avaient sorti des outils pour commencer à se barricader, a été gratiné. J'étais électrisé mais l'extraordinaire me stimule. Sans les formuler avec précision, les conséquences de notre découverte défilaient dans ma tête : l'alerte, la police, les secours. En fait j'étais sur une mauvaise piste puisque personne ne pouvait plus nous joindre et vice versa. Max était pâle comme une fleur moite ou l'inverse. Une petite catalepsie, plus un regard accusateur jeté vers moi de temps en temps, il marchait comme un soldat de plomb, ce genre de métaphores. Quand nous avons été à portée de voix, il s'est mis à hurler. J'ai tenté de l'en empêcher.

— Arrête, c'est inutile, on va d'abord leur expliquer.

— Il faut qu'ils viennent, il faut qu'ils viennent.

Ils sont venus. Arrivés près de nous, ils ont cru que nous avions eu un accident. Max était trop confus, j'ai tout détaillé comme une mitraillette, ils n'ont rien dit, ni après, tout au long de l'écume des vagues.

— Il s'est baigné !

La phrase est tombée comme un verdict de la bouche de Victor. Je l'ai repris :

— Il s'est noyé, tu veux dire ?

— Non, il n'aurait pas dû nager, surtout seul, regarde ses bras.

Sur les bras, mais aussi sur le corps où elles se prolongeaient, trois traces sombres fouettaient la chair amollie.

Les jellyfishes, nous y étions. Il fallait bien que l'un d'entre nous s'y laisse prendre. C'était tombé sur Claudio, celui qui paraissait le plus décalé dans ce ghetto caché. Peut-être parce qu'il était italien et seul et qu'il pouvait à peine parler aux autres. Peut-être pour d'autres raisons que je soupçonne : il n'avait pas l'air de s'accepter vraiment, quelque chose comme ça. J'ai bien vu que le courant n'était pas passé, j'avais bien tenté de l'aider, d'autant qu'il n'était pas si mal dans sa laideur, assez sexy. Mais il se retenait toujours. En fait nous ne savions rien de Claudio, sinon l'oraison funèbre que proférerait le plus jeune des Suédois, Bjorn :

— Il est mort, vraiment ?

Bjorn nous questionnait, il aurait sûrement voulu que nous répondions par la négative. Mais Claudio était passé déjà depuis plusieurs heures et la couleur violacée de sa tête rasée ne laissait plus aucun doute. C'est Victor encore qui a pris sa voix la plus douce pour lui expliquer que ces méduses-là, tout au bout du Queensland, avaient vingt fois plus de poches de venin que les autres. Chacune n'était pas mortelle mais le contact avec ces filaments provoquait une telle douleur que l'appareil respiratoire et le cœur s'arrêtaient en même temps. J'ai des connaissances en science, pas en zoologie, mais cela me paraît possible.

Et confus, ou tout au moins trop vite expédié. Il y eut encore un peu de cette confusion au fond de ma tête et c'est pourquoi je ne revois pas avec précision tous les instants qui ont suivi. Mais l'un d'entre eux reste gravé dans mon souvenir. Notre retour. Dernier trajet de cette série de va-et-vient. Parce que Claudio citait souvent le cinéma et qu'il aurait sans doute apprécié la comparaison, notre convoi funèbre me faisait penser au film d'Abel Ferrara *Nos funérailles*. Le côté groupe silencieux, bande mafieuse, les teintes sombres de cette journée qui finissait, les menaces permanentes, les gueules. Pour le reste c'était seulement une poignée de mecs en short qui tentaient d'en ramener un autre, nu. Cela n'a l'air de rien mais ça glisse terriblement. Claudio était assez enveloppé et ceux qui l'avaient saisi par les pieds ou la tête n'étaient pas les plus mal lotis. Nous ne pouvions l'attraper par les bras qui retombaient comme des manches de pioche, sinon nous l'aurions traîné dans le sable. Je me débattais avec une épaisse tranche de viande côté fesses et je dois avouer que nous l'avons laissé tomber deux ou trois fois. Dans la chaleur, son corps commençait à se décomposer à l'intérieur, ce qui ajoutait à notre dégoût et à notre embarras. Gordon — il était là lui aussi — a très bien résumé l'affaire lorsque nous l'avons déposé sur le carrelage de la terrasse près de la piscine :

— Et maintenant ?

Nous étions en cercle autour du cadavre qui sentait fort. C'était accablant et tous pensaient avec accablement à la suite imprévisible des opérations. Bjorn a soudain éclaté en sanglots. Il avait le visage caché dans les mains, il était secoué de chagrin sans chercher à se retenir. J'ai bien vu que Jan — cette fois c'est définitif, c'est celui qui a le nom le plus court qui est le moins gentil, donc Jan — n'a fait aucun effort pour aller vers lui, j'ai même l'impression qu'il le regardait avec mépris.

Un drôle de bonhomme, ce Jan. Genre grande famille suédoise, des bourgeois ancrés dans le business. J'ai compris beaucoup plus tard, tout au long de la nuit suivante où nous n'avons pas beaucoup dormi, que sa famille était très connue, et pas seulement en Suède, par ce qu'ils appellent ici en Australie le *red-light business*. En Australie, les bordels sont encore signalés aux passants par une petite lumière rouge au-dessus du porche. Je n'ai pas réussi à savoir en revanche si Jan bossait encore avec sa famille. On a la rébellion qu'on mérite. Je n'ai pas su parce que Jan est très réservé, contrairement à Bjorn, et que de toute façon il n'allait certainement pas nous le raconter. Pour l'heure, il voyait d'un mauvais œil les larmes de son compagnon. J'avais déjà compris que ce couple-là aussi, c'était un drôle d'assortiment.

— Tout de suite, on va d'abord se barricader.

C'était Ken qui ne nous avait pas accompagnés sur la plage. Il a prétendu que pendant ce temps il avait essayé d'appeler les secours. Lesquels secours avaient sûrement pour l'heure d'autres chats à fouetter que d'aider une poignée de pédés piqués, piqués par les méduses. De toute manière, plus personne n'avait de batterie pour les portables, le téléphone ne passait plus. Et l'électricité avait fini par s'arrêter elle aussi. Il ne restait qu'une radio à ondes courtes que le même Ken, normalement chargé d'y veiller, ne parvenait plus à faire démarrer.

— Oui, mais ?

L'un ou l'autre aurait pu le prononcer, n'importe lequel. C'était comme un murmure collectif qui émanait du chœur des esclaves.

— Oui, mais Claudio ?

Désormais chacun l'appelait par son prénom. J'ai bien regardé, même si certains n'étaient pas venus jusqu'au bout de la plage, maintenant personne ne manquait à l'appel. Le sourd et son copain étaient toujours muets. Depuis hier soir, depuis la balade en bateau même, c'était comme si les étoiles de mer les avaient saisis de stupeur. Ils se tenaient l'un à l'autre par le bras. Ils devaient se gratter dans la paume car ils n'agitaient plus leurs mains chacun à leur tour. Peut-être eux aussi cherchaient-ils du secours ?

Gordon s'était remis à l'écart. Le jeune barman en short kaki lui a servi un whisky sans lui demander son avis. Le boss avait fait sa part de boulot, je crois qu'il avait pris un pied de Claudio tout au long du chemin sans rechigner le moins du monde et ensuite il avait donné son point de vue. Mais dès que Ken était revenu en scène pour son numéro de chef scout, il s'était écrasé. Ken n'avait pas besoin d'élever la voix pour se faire comprendre. Il avait une espèce de douceur dans la persuasion à laquelle personne ne pouvait résister. Bref, nous nous sommes retrouvés les bras chargés de barres de bois, de pieux ou d'outils. Tout était prévu et nous n'avons pas mis longtemps à engager la maison sur le pied de guerre. Il suffisait de placer les barres dans les encoches, solidifiant ainsi toutes les ouvertures.

Quand ce fut fini, la nuit était tombée, il ne restait dehors que le corps de Claudio. Le trio magique — c'est ainsi que j'ai décidé d'appeler Victor, Paul et Ashe — avait mis beaucoup d'entrain à nous sécuriser. Victor et Paul étaient les plus jeunes et sans doute les plus adroits. Déjà ils avaient gardé leur sang-froid après la découverte de l'Italien mort. Ashe, je ne sais pas, parfois je le trouve trop désinvolte. Mais c'est quand même lui qui a dit à Ken, droit dans les yeux :

— On ne peut pas le laisser là.

— Je n'en sais rien, je n'arrive pas à faire marcher la radio.

— C'est la première fois qu'il y a un mort dans ton resort ? Dans cette chaleur étouffante ?

Ken l'a regardé, stupéfait, comme s'il ne comprenait pas l'excellent anglais que parlait Ashe. Il a dévisagé tout le monde autour de lui dans cette salle à manger devenue aveugle, où vacillaient les flammes de trois chandelles. Quand il est arrivé à Gordon, curieusement celui-ci est venu à son secours.

— C'est la première fois que nous avons affaire à des conditions aussi difficiles. Depuis l'ouverture.

Ashe a repris :

— On ne peut pas le laisser dehors à côté de la piscine, on ne va même pas le retrouver entier demain.

Dans leurs yeux à plusieurs, je ne dirai pas lesquels, j'ai vu de l'agacement. Gordon, je peux l'affirmer. Il n'a pas osé le formuler mais il pensait que la meilleure solution était de laisser le corps gênant se faire dévorer par les mygales et les lianes carnivores. La chair retournant à la pourriture, il y a des gens qui préfèrent les voies naturelles. Chez certains d'entre eux — les Suédois et même le sourd-muet anglais —, il y avait ce désir pourtant dénué de toute cruauté. Ça se voyait dans leurs yeux. Ce sont des gens à l'esprit pratique qui n'ont simplement pas envie de voir la mort en face ou plutôt à côté car une cloison nous en séparait. Ils préféraient ne pas en parler. Ashe continuait, il faisait bloc avec ses copains, ils avaient décidé d'emmerder Ken et Gordon et leur ténacité témoignait aussi d'une authentique dignité.

— On doit le rentrer.

— C'est impossible. Où ?

— Là où vous stockez la nourriture.

— Il y a un frigo branché sur un tout petit groupe électrogène. C'est là que nous conservons la nourriture, celle qui nous sera nécessaire demain et après-demain, mais c'est un appareil préhistorique.

— Les voitures ?

— On ne va pas l'enfermer dedans, dans le coffre pendant que vous y êtes ! Et puis quoi encore !

Nous étions hors du coup pour la plupart, nous les regardions s'affronter comme s'il s'agissait d'une pièce de théâtre. Cette fois nous ne connaissions aucune des conventions, donc nous nous taisions. Juste un signe de tête pour approuver ou pour refuser le plus souvent, comme une foule dans un show du mime Marceau. Mais tout fut décidé en commun et finalement nous avons refusé de le laisser dehors. Ashe, à moins que ce ne soit Paul, était revenu à sa première idée.

— Tant pis, on va le mettre dans le frigo.

— Et la bouffe ?

— C'est elle qui restera à côté de la piscine, ça nourrira les bêtes sauvages.

Personne, je crois, n'avait une grande sympathie pour Claudio mais l'absence de sépulture nous gênait. Dans mon scénario il avait l'air du tueur du gang mais c'est mon esprit qui me porte ainsi à romancer. Les gays adorent dramatiser. Après, chaque fois que nous avons parlé de lui, nous disions « le tueur italien ». Je crois aussi qu'il était hétéro et rien ne nous excite plus que ce genre d'animal. Pour l'instant il fallait décider et nous avons choisi de laisser pourrir quelques pièces de bœuf et de garder aussi intact que possible le corps d'un être humain comme nous, blanc, occidental, sans doute riche. Et de sexe masculin, ça, c'était vérifié.

Pendant ce temps, derrière les cloisons, le vent commençait à mugir. S'il n'y avait eu le problème de Claudio, je crois que nous aurions été plus effrayés. De temps en temps, un craquement bref mais violent nous avertissait que le décor autour de nous, au-delà des murs de l'hôtel, était en train de changer d'allure. C'est après l'un de ces rugissements de la nature que, le plus tranquillement du monde, Ashe est reparti à l'attaque :

— Moi, les jellyfishes, je n'y crois pas. Une morsure de serpent, oui, dans la forêt. Mais une piqûre de méduse, ce n'est pas mortel.

— Il s'est noyé, quand même.

— Disons seulement qu'il est mort, quand même.

Ils ont commencé à se regarder drôlement. L'ombre d'un soupçon et pas moyen d'y échapper. Victor, comme s'il défendait l'honneur de l'Australie, a répliqué à Ashe :

— Tous les ans elles tuent des touristes. Elles sont beaucoup plus dangereuses que tu ne le crois.

— De toute façon, la seule solution, c'est de garder le corps dans le meilleur état possible. Quand les enquêteurs viendront, ils nous diront ce qu'ils en pensent.

Gordon a simplement répété après lui :

— Quand les enquêteurs viendront, c'est ça.

Nous y étions. J'ai compris à cet instant que Gordon ne s'était jamais beaucoup préoccupé des lois. J'ai compris que nous n'étions plus dans le feuilleton, j'ai enfin compris qu'il y avait un mort et que cela nous séparait. Ceux que ça bouleversait et les autres. Je ne sais pas si Max pensait comme moi, je crois qu'il était seulement dérangé dans son confort. C'était difficile à savoir puisqu'il ne disait rien. En cela il faisait comme les autres. Finalement la majorité a fait pencher la balance, comme un verdict, comme une accusation plutôt. Vers le frigidaire avec le corps de Claudio dedans, pour préserver l'avenir. Certains croyaient encore que nous en avions un. Je mesurais déjà — je l'écris avec un peu de recul — que le cauchemar était loin d'être terminé.

La nuit était tombée.

Le vent redoublait, les fenêtres barricadées tremblaient de plus en plus fort sur les châssis renforcés. Parfois nous avions l'impression que le vent allait emporter le toit parce qu'il s'engouffrait par les interstices et que, à ces moments-là, l'espace où nous étions se distendait légèrement. Quelqu'un dit :

— Il faut prévenir la police.

— Je vous jure, venez avec moi si vous ne me croyez pas, la radio ne marche vraiment pas.

— Ce n'est pas ça, Ken, a dit Victor, on te croit, mais il faut essayer autre chose.

Ken a simplement levé les yeux au ciel et j'avais tendance à me ranger à son avis. Depuis qu'il avait pris les choses en main pour nous protéger, il l'avait fait avec assurance, il connaissait son boulot. Victor insistait.

— On peut essayer par la route, avec le 4 × 4.

Victor et Paul faisaient bloc. L'un ou l'autre renchérit :

— Je suis sûr qu'on peut passer.

Ken n'a même pas répondu. N'était-il pas content, après tout, de se débarrasser de ces deux zigotos ? Ashe s'était mis à part, il leur disait :

— Il vaudrait mieux attendre demain matin.

Les nerfs à vif, nous écoutions tous sans rien dire. Nous étions soulagés de ne pas avoir de décision à prendre comme tout à l'heure pour le réfrigérateur. Maintenant cela ne nous concernait plus. S'ils voulaient faire les malins… Chacun bien sûr y est allé de son petit conseil de prudence, le vent, les eaux, les arbres arrachés. Gordon s'est contenté de leur dire avec un sourire ironique au coin de la bouche :

— Pas si vite, vous allez d'abord nous aider pour la nourriture à enlever du frigo et pour tenter d'y installer votre copain.

Ils n'ont pas répliqué. Inspection, mesures, c'était juste mais ça pouvait tenir. Il fallait seulement vérifier que Claudio n'avait pas pris trop de raideur, que tout son corps ne s'était pas transformé en piquet de parasol, comme ses bras. Là encore c'était juste. Bjorn, l'un des Anglais pétrifié dans son silence, Max aussi, n'ont même pas voulu regarder. Ils ne pouvaient pas, tout simplement. Ils se sont activés pour tenter de mettre les provisions à l'abri. Max a eu l'idée de protéger certains aliments dans des sacs plastique et de les immerger ainsi dans la piscine. Sous les rafales de vent avec les grandes palmes qui nous fouettaient, ce ne fut pas une mince affaire. Cela me fait plaisir de rapporter cette idée de Max, il n'était pas resté comme une chiffe molle, je ne l'aurais pas supporté. Il montrait même moins de mépris envers les autres et forcément envers moi. D'ailleurs, j'ai remarqué que les défauts de chacun se sont estompés au fur et à mesure que le cyclone envahissait tout. Gordon perdait de son arrogance, les deux Anglais se sont enfin mêlés aux autres, ils ont même proposé des solutions, leur handicap n'était peut-être qu'une forme subtile d'égoïsme. Ken était moins folle, il retrouvait sa virilité en dirigeant les manœuvres, Paul moins charmeur et Victor moins distrait. Ashe, en revanche, gardait cette réserve que je semblais seul à remarquer. Je le trouvais perplexe. Il ne devait pas croire à la tentative d'échappée des deux autres — car c'était bien de cela qu'il s'agissait — mais à la fois il devait les envier pour leur folie. Il réagissait comme s'il s'était attendu à ce que son séjour ne soit pas une partie de plaisir et qu'il se fût préparé pour cela. Perplexe et paradoxal parce que toujours dans le registre de la gentillesse forcée. La seule chose qu'il ne devait pas avoir prévue, c'était sa rencontre avec le beau Victor, le voluptueux Victor. À moins que.

Donc, en forçant un peu, sur les jambes notamment, en désossant le vieux frigo de toutes ses plaques intérieures, nous y avons entassé la masse conséquente du « tueur italien ». Sans avoir réussi à empêcher les écoulements. Personne n'avait de vraies connaissances médicales. Le froid se chargerait de pourvoir à ces inconvénients, en tout cas tant que le générateur ne rendrait pas l'âme.

Victor et Paul ont mis le 4 × 4 Toyota en marche à l'abri du garage. Nous étions serrés les uns contre les autres, à la porte, celle qui était protégée par une grille antimoustiques. Les phares ont eu beaucoup de peine à percer la nuit et la végétation dans sa sarabande infernale. Je me disais qu'ils arriveraient à peine au portail. Mais si. Même un peu plus loin. Ensuite nous avons vu la voiture s'arrêter. Nous n'entendions rien mais je suppose que l'un d'entre eux, en sortant au péril de sa vie, dégageait une branche. Et puis le moteur est reparti et les phares se sont dissous dans la nuit.

Alors, alors seulement, nous nous sommes sentis vides et impuissants. Dans la main de Dieu une fois encore. La petite porte du garage pourtant très abrité venait de nous claquer sous le nez. Sans que nous l'entendions, plongés que nous étions dans le brouhaha de l'enfer.

CHAPITRE 14

Le lendemain matin, tout s'est encore assombri.

La nuit avait été douloureuse et belle comme dans les cauchemars. Parfois, les cauchemars ont les couleurs de la séduction. Ce qui était beau, c'était cette frayeur qui nous rassemblait, que nous tentions de nier sans y parvenir bien sûr. Le vent ne cessait pas, les murs tremblaient. Parfois, l'un ou l'autre retournait dans son bungalow en passant par la galerie arrière. Il n'y restait jamais longtemps, il revenait très vite dans la salle à manger transformée en camp retranché. L'expression cette fois n'était pas usurpée, Max aurait même pu l'employer, lui le spécialiste des clichés qu'il enfilait comme... et personne n'aurait trouvé à redire. Mais c'était vrai et les bâtiments tenaient le coup, Ken n'avait pas menti.

Nous étions dans l'obscurité totale, juste interrompue par un éclair lointain ou la flamme d'un briquet. Il était même difficile de parler tant le bruit de la nature affolée nous submergeait. Nous ne savions jamais qui était là, au fur et à mesure que les uns ou les autres partaient à leur chambre ou revenaient pour un peu de réconfort. Nous étions désarmés en face des autres, plus personne ne jouait un rôle et si quelqu'un prenait la parole devant le groupe ou en aparté, c'était toujours avec un fort accent de vérité. La plupart du temps nous nous contentions d'écouter les craquements bourrus des arbres ou le sifflement rauque de l'ouragan.

Les Suédois se quittaient de temps en temps mais jamais longtemps. Il y avait dans ce couple un lien plus fort que les différences sociales, quelque chose qui transcendait le manque de culture de Bjorn et l'arrogante richesse de Jan.

Je ne sais pas comment les autres nous jugeaient, Max et moi. Le mariage de la carpe et du lapin sans doute. Au-delà de tous mes griefs qui étaient revenus depuis l'après-midi, j'ai senti dans la nuit une complicité. Max avait fini par s'ouvrir et bavarder lui aussi avec tout le monde. L'obscurité cache les regards hostiles, c'est peut-être de cela qu'il avait besoin, d'un masque.

Même Gordon s'était adouci. La nuit, cette nuit-là, il perdait de son autorité. L'alcool ralentissait ses manières et parfois il en devenait confus. C'était l'homme qui m'intriguait, pas le businessman. Il a bien tenté d'évoquer ses affaires, pensant peut-être que, avec mes diplômes universitaires, je pourrais m'y intéresser. Je crois surtout qu'il n'était pas capable de parler de grand-chose d'autre. Il était obsédé par le départ de Victor et de Paul.

— Dites-moi honnêtement, François (quand il prononçait mon nom j'avais l'impression qu'on le passait à la moulinette, il en ressortait broyé), pensez-vous qu'ils vont réussir ?

— Réussir quoi ?

— Oh, juste à passer avec la voiture, vont-ils le faire ?

— C'est vous qui devriez mieux le savoir, je n'y connais rien à vos contrées sauvages.

Cela le faisait sourire mais son inquiétude m'a plu. Enfin. C'était un mec de soixante ans — il les faisait largement —, dont les épaules tombaient et qui craignait lui aussi ce qui nous obsédait tous : la fin de l'histoire. Personne ne voulait rester ici, crever ici. Certains le disaient avec humour, d'autres avec angoisse, mais même Gordon le disait.

— Jésus-Christ, on va nous secourir !

— Ça dure longtemps, ces cyclones… ?

Personne n'osait répondre, le point d'interrogation se perdait dans le vrombissement général et aucune conversation sérieuse n'aboutissait. C'était des bribes, des phrases sans suite. Gordon m'a dit, les yeux mouillés, son ventre trop gros pour un homme de petite taille — un gros Tommy, comme disent les Anglais — avec tout cela, derrière l'allure négligée et l'haleine chargée, il m'a dit :

— François, j'aimerais que Sean soit là.

— Et vous pensez…

— Il s'est noyé, il n'y a aucun doute. Vous savez, si les deux autres ont réussi à partir, nous pourrions aussi le faire. Les voitures sont à moi, Ken, je m'en charge, vous ne voulez pas essayer ?

Je ne savais pas s'il parlait sérieusement ou s'il alimentait ses illusions.

Et ainsi la mort rôdait.

Comme les autres, j'étais épuisé par l'ouragan et la richesse du vin australien. La cave était fournie pour des mois et personne ne comptait plus les consommations. Surtout pas Ken que nous n'avions plus revu depuis le départ du 4 × 4. La radio à mettre en marche, sans doute. À moins qu'il ne soit parti reprendre des forces pour demain. Nous n'étions pas sortis de l'auberge.

Ashe buvait du shiraz qui tape pas mal sur la tête, moi du chardonnay blanc. À ce moment-là nous étions assez proches l'un de l'autre, assis par terre contre la cloison de devant. De temps en temps l'éclat d'un briquet, la lueur d'une cigarette nous faisaient prendre conscience que nos visages étaient très proches. Je crois que lui aussi a ressenti l'érotisme de l'instant. Il n'aurait pas fallu grand-chose. Aucun de nous deux n'a franchi le pas, sans doute la lassitude de tout ce tohu-bohu. Il m'a dit :

— Tu sais, j'aurais pu être quelqu'un de bien.

— On l'est tous, à notre manière. Il suffit d'accentuer un peu les bons côtés.

— Non, mais je veux dire que j'aurais pu mieux mener ma vie.

— De quoi parles-tu ?

— Ce que je fais ici par exemple.

— Comme nous tous, une erreur d'appréciation... ou d'aiguillage.

— Non, j'ai pris le bon train, a dit Ashe, je suis là où je devais être, avec les gens que je devais trouver. Je ne suis pas encore parvenu à ce que je cherche, mais ça va venir.

— Victor ?

— Ce n'est pas le problème. Tu vois, François, tu ne penses qu'à ça et tu te définis d'abord comme gay. Tu as tort, tu es beaucoup plus que cela. Scientifique, cultivé, homme de goût, porté au rire et à l'ironie, aimant la fête sans toujours la trouver. Et beaucoup d'autres choses encore. Ici tu es d'abord gay, pourquoi ? Ce n'est pas si simple, pour moi non plus. J'ai rencontré Victor. Mais je n'étais pas là seulement pour ça. Je ne m'attendais pas, évidemment, à ce que les choses se passent ainsi. Et je ne suis pas seulement gay.

— Quelles choses ?

— Cette succession d'événements.

— Mais tu pensais ?

— Je me doutais.

Ashe n'a pas voulu en dire plus. Il m'a embrouillé avec d'autres phrases elliptiques, je ne me souviens pas de tout. Avant de s'assoupir, s'effondrer plutôt, il m'a même demandé si j'avais envie de baiser avec lui. C'était une phrase abrupte, pas du tout son genre. Les gays australiens sont capables de poser des questions aussi franches, je l'avais souvent remarqué à Sydney. Cette phrase dans la bouche d'Ashe, c'était une manière de me dire : voilà, nous sommes ici, nous sommes avec eux, nous sommes comme eux, quelles que soient nos bonnes habitudes de l'autre côté du monde.

C'est toujours difficile de se demander qui d'eux ou de nous a la tête en bas. Mais Ashe et moi nous avions choisi d'avoir la tête en haut, chez eux, voilà. Avant de sombrer complètement dans un sommeil arrosé, il m'a enfin caressé la cuisse, mais ce n'était qu'une preuve d'amitié. Et l'alcool, s'il lui avait ôté ses inhibitions, l'avait laissé dans une torpeur impuissante.

Les interrogations ont commencé à m'assaillir au plus mauvais moment, à l'heure de la solitude. À quoi correspondait ce débarquement à l'autre bout de la planète avec Max et bagages ? Pourquoi faisais-je tout ce cirque ? Et ces robes et ces travestissements ? Sinon pour sentir sur moi le regard enfiévré des mecs. Oui, pourquoi tout ce tralala, l'ecstasy et ces parties interminables, rythmées par une musique techno que je suis bien incapable d'écouter dans un autre état, dans un autre contexte ? Sinon pour ressentir autour de moi cette sensation d'érotisme, ces odeurs de sueur, de poppers et de bites. Pourquoi tout cela sinon pour avoir de temps en temps le courage de me faire sauter dans un coin sombre ? Le « Mardi gras » est un bon prétexte, une belle fête pour les touristes, un beau défilé qu'on montre à la télévision sur les chaînes du monde entier. Le « Mardi gras », comme tous les carnavals, est d'abord l'occasion de perdre toutes ses inhibitions dans la foule et de réaliser dans la nuit et l'anonymat ses fantasmes les plus secrets. Point.

J'en étais là de mes réflexions, très seul mais quand même assez content de moi parce que j'avais fait face. J'avais canalisé ma peur et je l'avais transformée en toutes sortes de choses comme l'énergie, l'ironie et l'attention aux autres. Je n'avais pas envie de m'endormir ici, dans les effluves de vin, de feuilles pourrissantes et de chambrée militaire. Je suis parti sur la pointe des pieds, si on peut parler ainsi d'un déplacement dans ce vacarme continu. Continu mais égal. Depuis quelques heures c'était devenu uniforme. Les parois des bungalows étaient aussi secouées qu'avant mais pas plus. Le cyclone était en train de passer.

J'avais sommeil.

J'ai regagné le bungalow dont j'étais content de profiter seul pendant quelques heures. J'ai croisé Bjorn qui revenait de je ne sais où et je m'en fiche, sauf que ce n'était pas de sa chambre. Il était secoué, le petit. Je dis « petit » dans le sens de « jeune » mais, en fait, il avait dépassé la trentaine. Ses manières timides, son corps un peu frêle, sa blondeur tenace le faisaient passer pour plus jeune qu'il n'est. Il était marqué par ces heures qu'il semblait avoir vécues douloureusement. Il marchait comme s'il cherchait son chemin, un peu au hasard, et son visage portait les traces que la peur y avait laissées. Nous ne nous sommes rien dit, juste des regards croisés. J'ai eu envie de le serrer, de le broyer. À cet instant il n'avait pas d'autre issue dans son chemin, son errance, dans l'obscurité déchirée. J'ai approché mon visage du sien et je l'ai embrassé. Il n'a pas reculé.

Il m'a suivi dans la chambre.

Je n'avais pas eu d'érection aussi dure depuis longtemps. Quand je l'ai déshabillé, il s'est laissé faire et dans ma précipitation j'ai presque déchiré son tee-shirt. J'aimais les poils autour de son sexe, aussi blonds et doux que ses cheveux. Et sa peau lisse et glabre sur le torse. Et ses épaules que j'ai prises fermement entre mes mains. J'ai pris l'initiative, je l'ai forcé à s'agenouiller devant moi pour qu'il oublie ses angoisses en se concentrant sur quelque chose de précis. Il m'a d'abord très bien sucé ; même si je ne me suis pas beaucoup occupé de son plaisir, j'ai bien vu qu'il bandait aussi.

J'ai utilisé toute ma dextérité et mes restes de lucidité pour sortir le préservatif de son enveloppe, ce qui est toujours l'opération la plus difficile. Mais j'y suis parvenu. Et après je l'ai baisé violemment comme j'en avais envie, comme il le souhaitait aussi, je crois. Sans un mot, seulement ses gémissements retenus, nos halètements têtus, dominés par la tempête. J'avais même laissé la porte entrouverte, je m'en suis aperçu après.

Ensuite, il s'est pressé contre moi dans la moiteur de cette nuit interminable et nous ne nous sommes rien dit, rien du tout. À peine caressés. Juste serrés comme ça, très fort. Je me suis endormi. Et dans un rêve j'ai vu une silhouette presque juvénile, celle d'un homme blond qui ramassait un short et une chemise et qui s'éloignait dans le couloir, complètement nu.

CHAPITRE 15

Le cadavre de Ken était à moitié tombé, à moitié étendu contre la porte de la réception, là où il nous accueillait d'habitude. Je venais d'être réveillé par des cris, plutôt des ordres brefs lancés à travers le couloir, et tout un empressement de pas rapides. J'ai enfilé mon short et je suis sorti de la chambre, à trois bungalows de l'office. Il était là, tombé et étendu. Déjà autour de lui, Victor et Paul s'agitaient. L'un des deux, c'était Victor, découpait les jambes du pantalon avec un petit outil.

Absurde. Ken était mort, cela ne faisait aucun doute, le visage saisi dans l'étouffement, et Victor découpait ses vêtements avec une paire de ciseaux d'enfant. Il l'avait trouvée dans un tiroir du bureau. Et puis j'ai vu la toile tendue sur la jambe et les ciseaux qui avaient du mal à se glisser entre la peau et le tissu. La cuisse était gonflée. Ils y sont parvenus enfin, libérant des chairs sombres, marbrées de traces noires, déballant d'un coup un paquet de viande meurtrie.

— Brown-tiger, regarde la marque, là.

— Qu'est-ce que c'est ?

— Un serpent, l'un des plus venimeux. Le seul qui attaque sans l'excuse de la peur. Ken a dû souffrir horriblement mais quelques minutes seulement, après il s'est paralysé d'un coup.

De nouveau, nous étions là, réunis autour d'un mort. C'était la deuxième fois en moins de vingt-quatre heures et leurs visages à tous avaient changé. Dans leurs yeux, il y avait encore l'effroi, la crainte, l'horreur. Mais tous ces sentiments étaient maintenant voilés par une lassitude morne, une exaspération. Personne ne se tenait plus la main, comme pour dire que, dorénavant, c'était chacun pour soi. Je ne crois pas que je romance. Chacun maintenant, moi le premier, pensait d'abord à sauver sa peau et la tâche devenait plus difficile à chaque heure qui passait. La nature nous harcelait depuis hier et apparemment elle n'était pas la seule. Personne ne pouvait plus penser à une série de hasards et je me suis demandé, comme les autres sans doute, si je ne serais pas le prochain. Gordon ne perdait pas seulement son arrogance, mais sa contenance aussi. En aparté, devant ma porte, il m'a dit :

— François, je vous assure, c'est le moment. Venez avec moi.

— Nous ne passerons jamais.

— Les deux autres l'ont fait.

— Ils sont plus jeunes et la route doit être complètement bloquée maintenant.

— Ils disent que non, que c'est jouable.

— Vous leur avez parlé ?

— Comme ça, comme d'une éventualité, et ils m'ont répondu que, seul, je ne pourrais jamais. Mais à plusieurs...

— Je n'ai pas cet esprit d'aventure, je ne suis qu'une folle coincée.

Cela ne l'a pas fait rire, pourtant c'était bien ma situation, notre situation à tous. Je ne vois pas pourquoi nous aurions dû nous cacher derrière notre doigt ou nos inhibitions, ce n'était plus de mise. Nous étions des êtres humains, pas encore des bêtes sauvages. Si j'avais dit oui, ce n'est pas la peur qui m'aurait fait fuir. J'aurais plutôt eu peur de m'enfuir, dans cette rainforest, prête à m'engloutir comme le premier petit chaperon rouge venu. Nous étions plus en sécurité en nous serrant les uns contre les autres. À condition bien sûr que le jeu de massacre ne continue pas à ce rythme. Dans tout cela il devait y avoir une logique, des intérêts que j'étais bien incapable de saisir. Gordon était resté à côté de moi et je lui ai demandé :

— Victor et Paul, qu'est-ce qu'ils en disent ?

— Pourquoi pensez-vous que ça les intéresse ?

Une inquiétude dans le regard mais je romance peut-être encore, j'attribue des intentions à tous et tout le monde. Inquiets, nous l'étions tous et franchement personne ne peut dire qu'il n'y avait pas de quoi.

— Mais comment ont-ils réagi ?

— Ils avaient l'air de s'en foutre. Moi, à leur place, je ne serais pas revenu.

Oui, mais Victor et Paul étaient revenus de leur escapade. Et les choses devenaient plus compliquées.

Ken, lui, n'était plus là. Enfin il était bien présent en chair et en os mais il ne nous servait plus à grand-chose. Et je crois que tous les autres ont aussitôt compris que notre vie, heure par heure, allait devenir plus aléatoire. Personne, hormis Ken, ne savait faire marcher Croconest. Gordon était peut-être propriétaire mais il n'avait pas dû souvent mettre les mains dans le cambouis. Et maintenant il paraissait plus déboussolé que jamais. Il a mis longtemps avant d'aller seul se servir un whisky, le barman essayait tant bien que mal de résoudre des problèmes matériels. Gordon a bu d'un trait un verre de scotch sans glace et après il a continué, comme un insecte prisonnier, à se heurter au mur de notre indifférence.

Ashe semblait encore plus perplexe. Depuis la nuit dernière il avait l'air d'avoir un coup de retard, il était pris de court. Il ne pouvait plus me dire qu'il s'attendait à tout ça, son visage le trahissait. D'ailleurs le leadership du groupe était en train de changer. Je mets à part Victor et Paul puisqu'ils nous avaient laissés en plan, même si leur escapade était pourrie de bonnes intentions. Gordon était out pour quelques heures, Ken étendu pour le compte et Ashe trop absent. Dans ces cas-là les personnages les plus inattendus se révèlent. Ce fut Ellis, le sourd-muet. Il n'a pas eu besoin de la voix pour exprimer son autorité. Il était à côté du cadavre de Ken, il avait bien examiné, bien palpé la jambe empoisonnée sans reculer. Il faisait des signes à son compagnon — beaucoup plus mal à l'aise — et il s'est mis, par son intermédiaire, à nous donner des directives. Personne n'a protesté puisque ses solutions semblaient pleines de bon sens.

— Il faut les enterrer, tous les deux.

Personne n'a émis la moindre réserve. Nous étions maintenant en plein jour, le vent avait baissé d'intensité, même si sa colère était loin d'être calmée. Les grandes branches se tordaient encore mais elles ne se déchiraient plus comme avant. Nous avons pu pratiquer deux ou trois ouvertures sur le devant. La pluie avait cessé et il ne restait plus de sa venue que les flots tumultueux et sales qui dévalaient à toute vitesse cette creek qui, hier encore, paraissait asséchée et minuscule. C'était d'ailleurs là le point faible de l'entreprise d'Ellis et le problème pratique dont nous avons longuement discuté. Il fallait en effet franchir la creek, oser la franchir.

— Où ?

Oui, où pouvait-on les enterrer ? Il n'y avait pas de place suffisante à côté de la piscine. Victor et Paul ne répondaient plus rien. Et pourtant leur présence était tenace, comme une odeur, comme un parfum plutôt, qui cette nuit nous avait manqué.

Nous sommes donc convenus que le frigo ne servait plus à rien et les précautions non plus pour ces corps pourrissants. Tant pis pour la police, tant pis pour l'enquête, tant pis pour les conclu-

144

sions des légistes, Claudio et Ken étaient morts, tués par la nature, ils allaient finir sous la forêt. L'humus aurait vite fait de décomposer puis d'avaler leur chair. Dorénavant les autorités n'auraient que notre bonne foi. Tous ceux qui viendraient pour savoir ce qui s'était passé dans ce paradis devraient croire nos dires, nos témoignages, si toutefois ils les trouvaient encore, si toutefois nous étions toujours là. Les prévenances très humaines d'Ashe pour conserver un peu de dignité au corps de Claudio étaient maintenant hors sujet.

Le petit pont sur la creek paraissait fragile avec ses troncs, son tablier emporté par le torrent et ses filins métalliques encore reliés à des piquets que l'eau noyait déjà. Mais nous n'avions pas le choix et plus personne n'a refusé de s'atteler à la tâche. Bjorn et Max se sont portés volontaires pour creuser des tombes de l'autre côté, sur l'autre rive, un peu à l'écart, juste en lisière de la forêt. J'ai proposé de confectionner deux croix en me souvenant de mes années de scoutisme et tout le monde s'y est mis en sachant bien que le plus difficile, ce serait d'amener là-bas les deux cadavres.

Victor et Paul étaient parvenus, à ce qu'ils nous ont raconté durant cette matinée, à rallier l'hôtel le plus proche, un autre resort, appelé le Mirage, un peu plus près de Port Douglas, à une dizaine de kilomètres. Là aussi, tout le monde était terré et les deux garçons étaient passés pour des fantômes sortant de la nuit.

Il y avait là-bas une radio en état de marche, ils avaient pu prévenir la police de la mort de Claudio. Les flics n'avaient été d'aucune aide, ils avaient d'autres chats à fouetter. Mais au moins nous serions secourus parmi les premiers. C'est ce que j'ai déduit de leurs conversations désordonnées. Chacun voulait avoir des détails sur leur odyssée mais les deux garçons restaient assez vagues. Je crois qu'ils en ont dit plus à Ashe. Mais maintenant celui-ci marquait une petite distance avec eux, surtout avec Victor. Enfin, à peine perceptible parce que ce dont il s'agissait dorénavant, c'était de s'attaquer à des tâches très pratiques et très déplaisantes.

Depuis la nuit dernière, j'avais l'impression que tous voulaient me parler. Mon numéro de Dalida les avait mis à l'aise, ils devaient penser que j'étais capable de me moquer de tout, même de leurs angoisses. J'avais plutôt envie d'être seul et de rassembler mes esprits pour comprendre quelque chose à ce scénario de plus en plus emberlificoté. Ce matin, Jan, d'autres et puis Gordon étaient déjà venus me faire des confidences. Bjorn restait distant. Max aussi, peut-être pour la même raison. Je ne vois pourtant pas comment il aurait pu savoir quoi que ce soit, il dormait profondément dans le lounge quand je suis rentré à notre bungalow avec le Suédois. Je m'en tape, je me sens de plus en plus seul, de plus en plus menacé et de moins en moins énervé. J'ai juste l'impression d'avoir fourni les bonnes réponses à toutes les mauvaises questions qui ne cessent de se poser.

Après Gordon, c'est Ashe qui est venu pendant que j'étais assis sous un cocotier près de la plage où la mer bouillonnait sous une écume crasseuse. Pour me parler de Gordon justement. Mais, pour une fois, j'avais plutôt envie de parler de Victor ou même de Paul.

— Ils ont eu du culot, mais ils ont réussi.

— Réussi à quoi faire ?

C'est tout ce qu'il m'a répondu et bien sûr nous n'en avons plus reparlé. Sa réplique, son ton m'avaient suffi. Il n'avait pas envie de s'étendre là-dessus. Point. Je ne sais pas pourquoi d'ailleurs Gordon l'intéressait autant. Son explication :

— Parce que c'est le personnage central de tout ça.

— Tout quoi ?

— Tout ce bordel.

— Enfin, tu ne vas pas me dire que Gordon est au centre du cyclone.

— D'une certaine manière, si. Ça ne va pas bien pour lui en ce moment.

— Quel rapport ?

— On est en train de vivre la chute du tycoon. Il s'effondre.

— Nous aussi.

— Ce n'est pas pareil.

Il m'a expliqué. Gordon était en effet dans une mauvaise passe. Son business, c'est le gay-business : les bars, les saunas mais aussi les fringues, les hôtels comme Croconest, et de l'immobilier. Et d'après Ashe d'autres choses encore, moins avouables. Je comprenais ainsi où passaient tous les dollars que je dépensais en quelques jours au moment du « Mardi gras », leur gigantesque carnaval. Dans les poches de Gordon et de quelques autres car bien sûr, même s'il est le plus puissant, il n'est pas le seul sur le marché. Ashe a ajouté :

— Enfin, il *était* le plus puissant.

— La mauvaise passe, pourquoi ?

— Il est allé trop vite. Alors les jalousies mais aussi les dettes, le fisc et les assurances qu'il a escroquées.

— Comment ?

— Il y avait un sauna, à Melbourne, le *Steam-Steam*. C'était lui le propriétaire. Le sauna a brûlé, et deux mecs n'ont pas pu s'en échapper. Il n'y a pas que les assurances pour penser que ce n'est pas un incendie fortuit.

— Comment le sais-tu ?

Ashe ne m'a pas répondu, j'ai vu seulement l'ombre d'un sourire ironique sur son visage, mais je n'étais pas assez attentif, j'étais en train de bricoler mes croix dans une branche d'eucalyptus. Je trouvais que l'eucalyptus leur ferait une sépulture plutôt digne. D'ailleurs Ashe continuait :

— Et puis il y a ces histoires avec Sean et avec Ken et puis la mort des deux.

— Tu crois que…

— Je ne crois rien, je vois que tout se déglingue. Il sait beaucoup de choses, j'en suis sûr.

148

Ashe restait pensif, moi aussi. Je n'avais aucune envie, moi non plus, de faire confiance au petit nabab australien. Je pensais seulement que la réalité, ma réalité, virait à la plus mauvaise des fictions.

J'ai fini les deux croix, le cœur encore plus lourd. Le vent soufflait très fort mais les bungalows ne tremblaient plus et si la plupart des volets de protection étaient encore à leur place, c'est parce que nous avions bien autre chose à faire. Max et Bjorn avaient presque fini de creuser leurs tombes. Je veux dire la tombe de Claudio et celle de Ken. Ashe n'avait pas l'air d'avoir envie de bouger ni de faire quoi que ce soit d'autre. J'ai joué à l'innocent :

— C'est toi, Ashe, qui as trouvé Ken ?

— Non, je dormais, comme toi. C'est Victor et Paul.

— Mais ils viennent de revenir, il n'y a pas longtemps.

— Ils étaient rentrés bien avant.

— Ah bon ?

— Max m'a dit qu'il les a vus en rentrant à la chambre, a ajouté Ashe.

— Max ?

— Oui, pourquoi ?

— Pour rien.

Notre conversation s'est arrêtée parce que Ellis, sans donner de la voix et pour cause, nous a ordonné de mettre en branle les funérailles. Avec lui, si je peux me permettre, nous pouvions approuver sans dire un mot. Nous avons suivi ses instructions même si nous mesurions la difficulté de la tâche qui nous attendait. Une chose était de passer seul sur les deux troncs jetés en travers de la creek bouillonnante, comme l'avaient fait Bjorn et Max, pour aller creuser, une autre de passer en groupe en transportant les corps. Mais sur cette affaire nous avions décidé de faire confiance à un infirme. J'espérais que nous n'aurions pas à le regretter. Avant de commencer les opérations, Ashe m'a glissé, décidément il y tenait :

— Dès que c'est fini, je veux avoir une explication avec Gordon. Je compte sur toi pour m'aider.

Je ne savais quoi répondre, je n'ai pas répondu. Il a dû prendre cela pour une approbation. Cette fois, les obsèques pouvaient commencer.

QUATRIÈME PARTIE

RÉCIT DE BJORN

CHAPITRE 16

Je vis un cauchemar et je ne sais pas quand il va s'arrêter. Je ne suis pas écrivain comme Ashe. Je peux juste énumérer les faits, sans le moindre ordre chronologique, tout ici est trop confus. Énumérer et compter, compter les morts.

Je suis comptable, c'est mon métier. Je travaille dans une petite entreprise en Suède et je ne serai jamais riche, je ne le souhaite pas, plus maintenant. Pourtant, Dieu sait si la fortune de Jan, celle de sa famille, m'a fait rêver. Mais j'ai toujours refusé de travailler pour eux, une sorte d'instinct. Aujourd'hui je sais que j'ai bien fait.

Compter les cadavres, ici, je peux le faire même s'il y en a beaucoup en ce moment. De plus en plus. Je suis peut-être sans le savoir passé dans l'au-delà, et ma vision des choses n'est alors que le reflet ultime de mon cauchemar, derrière un miroir brisé. Voici :

De ma vie, je n'avais jamais vu un mort, c'est fait. J'en ai vu plusieurs en deux jours.

De ma vie, je n'avais jamais été pris dans un cyclone. Je sais maintenant que c'est pire que les images de désastre qu'on voit au journal télévisé.

De ma vie, je n'avais jamais vu Jan avec une arme à feu à la main, jamais je ne l'avais imaginé, même si certains jours j'ai eu quelques soupçons. C'est fait, il m'en a même menacé.

De ma vie, je ne m'étais jamais fait baiser sans le vouloir. Je sais maintenant que tout peut arriver. Et que, même sans le vouloir, on peut aimer cela.

Je m'étais peu intéressé au péché, à ce que ça signifie vraiment. Cette fois, c'est sûr, j'en ai fait un. Les gens qui croient ont raison de dire qu'il faut toujours expier. C'est ce que je suis en train de faire au prix fort. Un péché ? Mais en était-ce vraiment un ? Par les temps qui courent, et dans les cyclones ils courent vite, je ne suis plus sûr de rien. Je perds le sens des valeurs. Par où commencer ? Ah oui, les morts.

Claudio est mort hier. Noyé par une méduse ou piqué dans l'eau. Et vice versa, l'ordre ici n'a plus d'importance. Ken, lui, a été mordu par un serpent fatal. Donc il est décédé lui aussi et nous devions les enterrer tous les deux. Je creusais une tombe. Qui creusait l'autre ? Max peut-être. Y avait-il seulement deux tombes ? Au rythme où ça va, il vaudrait mieux une fosse commune. Mon souvenir reste vague, c'est pour cela que je me pose toutes ces questions. C'est comme un mauvais rêve, certains détails cruels restent en mémoire mais les contours, les couleurs sont flous.

Je creusais une tombe, dans les rêves cela arrive. Mais c'était la réalité, d'autres étaient là autour de moi et si on les interrogeait, ils pourraient raconter la même chose. Les tombes étaient sur une rive, les cadavres sur l'autre. La plupart des garçons étaient côté cadavres. Je crois qu'ils les enveloppaient ou quelque chose comme ça, ils les ficelaient comme des rôtis, ils les préparaient pour la cérémonie.

En fait, ils essayaient tout simplement de les rendre transportables, sans que la tâche devienne insupportable. C'est Ellis, le sourd-muet, qui en avait eu l'idée. De grands draps et des cordes autour et ainsi nous pourrions les passer au-dessus de cette creek qui depuis deux jours charriait toute l'eau du ciel, et Dieu sait s'il y en a, c'est Lui-même qui l'envoie. Ils s'activaient, je remuais la terre. Je le faisais, nous le faisions, par devoir, par une sorte de volonté anesthésiée que certains appellent l'instinct de survie. C'est impropre car je crois que je n'avais même pas envie de survivre.

L'expédition s'est organisée, avec Ellis qui dirigeait la manœuvre. Mon rôle consistait à attendre sur l'autre rive, celle des tombes. Je n'ai pas tout vu, je ne sais pas par exemple comment ils se sont arrangés pour porter les paquets. Ils étaient sept : Ashe, Victor, Ellis et son ami, Paul et Gordon. François les aidait au départ et puis il restait sur la berge. Tous les autres passaient la creek en marchant en équilibre sur deux troncs d'arbres disjoints. La passerelle avait déjà été emportée par le courant.

Ils ont fait ainsi, trois à chaque bout, pour passer le premier corps. Lequel ? Il aurait fallu soulever le coin du tissu pour en être sûr. À première vue j'aurais dit que le premier à passer sans encombre était celui de Claudio. Les deux paquets avaient à peu près le même volume et la même consistance mais le deuxième était un peu plus grand. Or Ken nous dominait tous d'une tête, avant, avant sa piqûre. Donc le premier aurait été Claudio, c'est une déduction. D'ailleurs c'est peut-être parce que le deuxième était un peu plus grand qu'il y a eu cet accident.

Ils ont refait exactement la même manœuvre avec le deuxième colis, après avoir retraversé la creek sur les troncs chacun leur tour, dans la plus grande prudence.

Et au deuxième voyage, tout a cafouillé. Peut-être que l'un d'eux a perdu l'équilibre, que c'était plus lourd. Il y a eu un vacillement du grand paquet, quelques cris, une sorte de bousculade sauf qu'après ils étaient serrés les uns contre les autres au-dessus de l'eau bouillonnante.

Gordon avait basculé d'abord, sans un cri. Les autres se sont aussitôt mis à genoux pour s'agripper aux troncs d'arbre et c'est à ce moment-là que le corps de Ken leur a échappé. Dieu merci, chacun a pensé d'abord à sauver sa propre vie. L'instinct, dans ces cas-là, est beaucoup plus important qu'une sépulture. Le paquet a suivi Gordon dans le même élan et sous nos regards paralysés ils ont été emportés assez vite vers la mer.

Gordon aurait certainement pu s'en tirer, ce n'était qu'un bain forcé, mais c'est juste à cet instant que le crocodile a surgi. J'aurais envie de dire : en un éclair ; mais non, ce fut beaucoup plus long, pire que tout ce qu'on peut imaginer.

Gordon aurait pu s'en tirer en se tenant à l'une ou l'autre des racines qui dépassaient des berges. Nous l'aurions secouru. D'ailleurs c'est ce qu'il a fait et c'est pour cela que ça a duré plus qu'un éclair. Les deux mâchoires se sont refermées sur son torse comme une serrure géante qui claque, comme une prise qui se bloque. Les crocodiles ne mangent pas directement leurs proies, les autres me l'ont appris juste après. Ils noient d'abord leurs victimes. C'était un combat très inégal puisque Gordon avait perdu conscience au premier coup, il ne remuait déjà plus par lui-même. Mais l'animal se tortillait dans tous les sens pour lui faire lâcher la main que, dans un dernier effort, Gordon avait bloquée sur une tige qui dépassait. Le « salter-crocodile », c'est son vrai nom, s'est acharné en donnant de grands coups de queue pour augmenter sa force, en remuant la gueule à gauche et à droite pour tout arracher, et le bras et le dernier souffle du vieux bonhomme dont le corps désarticulé a fini par céder comme une chiffe molle.

Et soudain il n'y eut plus rien. Rien du tout. L'animal avait disparu avec sa proie au fond de l'onde et le corps emballé avait filé sans que nous

nous en apercevions. J'ai cru voir du sang, mais ce fut si fugitif. Le bouillonnement, l'eau et les plantes, la nature dévastée, tout s'est refermé avant même que je puisse y croire. Il n'y avait plus rien et tout cela n'avait duré que quelques instants.

J'ai quand même vu deux choses pendant ce spectacle qui nous avait tous assommés. Nous étions cramponnés aux troncs des arbres ou à la moindre branche et dans la panique, certains détails s'impriment. François, de l'autre berge, a été le seul à faire un mouvement. Il a voulu sauter pour porter secours à Gordon, ce fut le seul et Paul l'en a empêché avec raison. Il n'y avait déjà plus rien à faire. Et Victor a crié, ça j'en suis sûr et je ne peux pas me souvenir si ce fut avant, pendant ou après. Puis il est resté prostré un long moment sur le pont de fortune. Paul, encore lui, est allé le rechercher. Avec beaucoup de gentillesse, alors que tous les autres avaient regagné l'une ou l'autre rive, il l'a serré contre lui au milieu de la poutre, puis ils sont revenus et Victor n'a rien dit. Il avait dû tenter de rattraper Gordon en le voyant glisser, il n'y était pas parvenu.

J'ai pensé que nous n'avions plus qu'un seul corps à enterrer. Ellis avait déjà vérifié, en défaisant la corde sur la tête du cadavre qui restait, que c'était bien celui de Claudio.

C'est avec sa mort que tout avait commencé. C'est là que pour la première fois j'ai perdu le contrôle et qu'ensuite j'ai senti une vraie dureté dans l'attitude de Jan. Cette exaspération l'avait déjà saisi, mais je n'étais jamais en réel danger. Hier, quand François et Max, affolés, nous ont alertés, lorsque j'ai pris conscience que le corps de Claudio sur la plage avait déjà commencé à pourrir, j'ai eu peur de moi. Une sorte de crise d'hystérie d'autant plus rude que j'ai dû la contenir devant les autres. Notamment à cause de Max qui hurlait comme une folle. J'étais perdu, sans repères, moi qui n'en ai déjà pas beaucoup. Et Jan ne m'était d'aucun secours. Ni à ce moment-là, ni plus tard hier soir quand la nuit et le cyclone, mêlés dans un tourbillon de folie aveugle, nous ont enveloppés. Et j'ai senti son agacement, peut-être son mépris.

Quand nous avons découvert le cadavre de Claudio, Jan n'était pas là. Quand l'accident de Gordon est survenu ce matin, il n'était pas là non plus. Hier, je ne sais pas pourquoi. Ce matin, parce qu'il tentait avec Michael, le barman, de remplacer Ken pour faire remarcher la radio ondes courtes, le seul lien qui nous rattachait encore, une fois de temps en temps, à nos semblables.

Enfin semblables, je ne sais pas. Tout ceux qui sont ici à Croconest appartiennent à une drôle d'engeance. Il y a encore deux jours, j'aurais dit « une bande de pédés » et je l'aurais dit avec tendresse. Aujourd'hui je ne crois plus que nous appartenions à la même espèce. D'abord, ici, il y a des vieux et des jeunes et cela fait une sacrée différence. Comme si, vers la quarantaine, les gays basculaient dans le cynisme. Physiquement, j'aime mieux qu'ils soient plus mûrs, je recherche plutôt un papa. Je ne me vois pas faire l'amour avec Paul ou avec Victor qui ont à peu près mon âge. Mais ce sont eux que j'apprécie, les autres font de l'ironie, plaisantent avec méchanceté, Jan aussi. Victor et Paul ont encore de l'enthousiasme, ne jugent pas. Mais Gordon, Ken, Max, tous ceux-là, et Jan, ils ne se respectent même plus. Ils se croient libres parce qu'ils parlent de baiser comme ils le feraient d'un sport de loisirs, parce qu'ils écoutent Mozart, Boulez et des chansons de Dalida. Je ne dis pas ça pour François, je le mets à part. Il n'a pas leur cruauté. Jan si, maintenant je le sais.

Cela a pris du temps, mais c'est fait. J'ai senti sa dureté, elle est apparue après la mort de Claudio. Aucune pitié, ni pour moi ni pour lui-même d'ailleurs. Seulement de la distance et de la nervosité, comme je ne lui en ai jamais connu. C'est normal, je ne savais rien de ses affaires. Jan est issu d'une famille de la grande bourgeoisie de Stockholm. On pense généralement que la Suède est un pays tolérant mais ces bourgeois-là m'ont toujours méprisé.

Au début, c'est pour ça que je n'ai pas voulu travailler comme comptable dans l'entreprise de sa famille dont il a hérité. Je ne voulais peut-être rien savoir de tout ça, tout leur business. D'ailleurs je n'y croyais pas. Quand j'ai rencontré Jan, quand il a voulu que je quitte le quartier où je faisais le tapin, je ne me suis pas douté qu'il était partie prenante de tout ça. Je ne savais rien de sa famille, même si je m'en suis méfié assez vite. Cela ne les empêche pas de garder leur morgue et d'aller au temple tous les dimanches. La première fois, il m'a payé. Cent couronnes. Aujourd'hui c'est moi qui paie, des couronnes d'épines. Entre-temps Jan m'a tout appris, je lui dois beaucoup. Aujourd'hui je rembourse au prix fort.

Je croyais qu'on allait à Sydney pour le « Mardi gras », les drag-queens, la parade, la techno et quelques cachets d'ecstasy. C'est bien pour ça que Jan m'a emmené. Il ne m'a pas dit qu'il avait aussi des gens à voir, des affaires à traiter. Mais je dois respecter une certaine chronologie sinon je vais me perdre tout à fait.

Donc, la mort de Claudio, mes larmes et le cyclone. Dès cet instant j'ai su que ça n'allait pas. J'ai compris que la disparition de Sean deux jours plus tôt à la barrière de corail n'était pas seulement un accident fortuit. J'étais ébranlé, abasourdi, je sentais venir le drame au-delà du décès d'un Italien que je connaissais à peine.

Et puis la nuit et sa fureur. Et puis la nature et son emportement. Et toujours ma peur que je ne contenais plus. Et Jan avait disparu et nous étions terrés dans la salle à manger que Ken nous avait fait aménager en blockhaus de survie. Je n'arrivais pas à dormir, je ressassais. Je ne voulais pas croire que Jan m'avait trompé depuis le début, qu'il manageait son business avec autant d'indifférence. Les autres tentaient de me parler. Victor de temps en temps et même Ashe, même

Max d'ailleurs. Mais je ne les écoutais pas, je ne voulais pas les entendre alors qu'ils souhaitaient uniquement me rassurer. Durant cette interminable soirée, cette nuit plutôt, François ne m'a pas approché, je pense qu'il m'observait et c'était pourtant le seul avec qui j'aurais voulu parler.

Je suis parti, je ne crois pas que je me dirigeais vers la chambre mais j'y suis entré tout de même. Jan n'était pas là, c'était trop vide et trop effrayant derrière les volets baissés avec les murs qui résistaient tant bien que mal aux poussées furieuses du vent emballé. Il y avait tout ce vacarme qui déjà nous empêchait de nous entendre dans la grande salle. Une sorte de roulement continu avec des accélérations ponctuées de claques de géant. J'ai longé la galerie derrière la chambre et j'ai vu un peu de lumière, une lueur derrière le rideau abaissé du bureau d'accueil, celui de Ken.

Accueil.

Ken m'avait toujours paru rassurant. J'ai entrouvert la porte, j'ai eu envie de lui confier mon désarroi. Depuis le début il avait montré qu'il connaissait son affaire et qu'il avait déjà eu à se protéger de la tempête. Il n'était pas là, il y avait à sa place deux silhouettes que j'ai eu du mal à identifier. L'une était assise derrière le bureau et l'autre juste en face. Ils ne m'avaient pas vu pousser la porte, j'ai écarquillé les yeux pour distinguer celui qui était debout en face du bureau, celui qui portait des lunettes cerclées d'acier et qui tendait un bras vers l'autre. Avec un revolver au bout. C'était Jan dans la pénombre bousculée, dans la lumière vacillante d'une lampe à pétrole récupérée je ne sais où, dans le fond d'un hangar inutilisé ou dans le matériel de survie.

Je le voyais de trois quarts, son injonction violente, vers l'homme qu'il menaçait. C'est-à-dire vers Gordon, je l'ai compris quelques secondes plus tard en me souvenant de son crâne chauve et de sa bedaine qui se dessinait en ombre chinoise. Jan avait dû le surprendre alors qu'il fouillait dans les affaires de Ken.

Je n'avais jamais vu Jan saisi d'une telle fureur, je ne l'avais jamais imaginé avec une arme à feu. Dans cette scène surréaliste, avec l'ouragan, c'est la seule chose dont je pouvais être sûr, leur découpe en ombre chinoise avec au bout du bras de Jan un revolver de petit calibre. J'étais paralysé et puis Jan a fini par me voir en laissant pivoter son regard, j'avais dû bouger. Il n'a rien dit, rien modifié dans la menace qu'il faisait peser sur l'homme derrière le bureau. Du bras gauche, d'un geste sec, il m'a fait comprendre que je devais partir. Comme j'hésitais, il a pivoté d'un quart de tour sans cesser de crier sur Gordon dans le vacarme. Et pendant une fraction de seconde le canon de son pistolet a été braqué sur moi.

Sur moi.

Je n'ai pas vu la suite, j'avais déjà refermé la porte. Je transpirais à grosses gouttes et j'ai senti une douleur fulgurante dans le ventre, vers le bas, dans les couilles en fait. Je me suis cassé en deux, je ne retrouvais pas mon souffle, je me suis appuyé à un pilier de la galerie près des chambres. Et j'ai rencontré François.

Tout s'est peut-être joué à ce moment-là. C'est peut-être cela mon erreur, n'avoir pas cru en moi, en moi-même, en ma capacité de réaction. Je regrette seulement de m'être abandonné sans parvenir à parler, sans rien expliquer. J'avais l'impression que la chaleur de François était capable de compenser ma lâcheté. Même dans la brusquerie qu'il eut par la suite pour me prendre, dans cette tendresse et cette violence.

La lâcheté, la lassitude. Quelque chose en moi a cédé et pas seulement mon cul pour dire les choses franchement. Mais avant cette nuit hallucinée où le grondement du vent revenait par cycles et dominait nos hurlements muets, notre jouissance et notre instinct de vie, j'avais continué à me mentir à moi-même.

Je n'avais jamais voulu voir la vraie nature de Jan. Je n'avais rien vu depuis le jour où il m'a payé cent couronnes pour passer la nuit avec lui. Jusqu'à notre arrivée ensemble dans cette prison du bout du monde, comme un couple de bourgeois nordiques.

Bourgeois, parlons-en. Derrière la façade craquelée de leur respectabilité, ils prospèrent. Tout le monde sait de quel empire Jan a hérité. De quelles douleurs et de quels trafics. Moi aussi je l'avais deviné dès le début, sinon j'aurais accepté ce poste de comptable qu'ils m'ont proposé tout de suite dès que j'ai eu mon diplôme en poche. Inconsciemment je ne voulais pas mettre un doigt dans l'engrenage. Maintenant que j'ai vu Jan menacer Gordon, depuis cet instant où devant ma stupeur il a braqué son automatique vers moi, je sais aussi comment leur empire, leur business s'est édifié en quelques décennies, au pays de la tolérance et de la solidarité : à la force du poignet.

CHAPITRE 17

Les événements d'aujourd'hui confirment que, en accomplissant ou en laissant faire, j'ai emballé la machine, j'ai achevé d'entraîner ma perte.

Je suis croyant, c'est ainsi. C'est pour cela que ça m'est égal de mourir, simplement je voudrais que le cauchemar s'arrête. D'une manière ou d'une autre je voudrais que le diable cesse de me harceler. Hier, il a pris le visage le plus doux, le plus trompeur, celui de François, au détour d'une galerie noyée par l'obscurité.

J'étais hébété. Ce que je venais de voir, au-delà d'une scène de violence contenue, c'était comme, imprimées noir sur blanc, les raisons profondes de ma liaison avec Jan et ce qui allait forcément en advenir. De la rue à la rue, je n'échapperai pas à mon destin et je ne me soustrairai pas à ce que Dieu me fait accomplir.

J'étais hébété et abandonné. J'allais commettre un de mes nombreux péchés. Personne ne m'a forcé, le libre arbitre, tout ça, je l'avais. Je n'ai simplement pas eu le courage d'affronter la nuit tout seul, les ténèbres plutôt, au sens biblique du terme. François était là, perturbé sans doute lui aussi. Je ne le crois pas capable de profiter des occasions avec autant de cynisme que les autres. D'ailleurs, avec quelqu'un d'autre, je ne me serais pas laissé faire, même si certains d'entre eux sont plus sexy que François. J'en ai eu envie, c'est tout. Et quand il m'a baisé avec cette violence rageuse, j'ai tout de suite été submergé par un plaisir inattendu, cruel. J'ai joui comme jamais. Je savais que c'était insolent. Le péché, c'est cela, se culpabiliser, c'est ce que m'a dit un jour le père Elvström, j'ai confiance en lui.

J'avais un peu raconté ma vie à Claudio, l'Italien qui est mort le premier. Il m'avait arrêté en me disant que c'était du Almodovar. Il parlait tout le temps de cinéma, il avait tout vu. Sur le moment je n'ai pas compris et plus tard j'ai pensé : pourquoi pas ? Almodovar, c'est ce cinéaste espagnol qui parle souvent des pédés. J'ai vu un de ses films à la télé avec Banderas. Un type superbeau.

Ma vie. Quand je suis parti de la rue, avec Jan, j'ai pensé que je n'y retournerais plus jamais. Je sais maintenant que certains endroits sont encore pires. Comme celui où je me trouve en ce moment avec des gens qui organisent l'enfer, qui en vivent. Gays ou pas. Prostitution, violence, hôtels et drogue sans doute. Cette nuit dans la pénombre, j'ai compris que d'autres ici faisaient le métier de tout diriger à leur profit. Que derrière la Gay Pride de Sydney il y avait un trafic d'ecstasy, de médicaments, de produits dérivés. Il y avait du marketing et du sex-business. Avec beaucoup de dollars à la clé. Je ne suis pas naïf, je suis comptable. Je sais maintenant que Jan est mêlé à tout ça et qu'ils sont en train de s'entre-tuer à quelques semaines seulement de la grande parade sur Oxford Street, du défilé du « Mardi gras ».

Sur Oxford Street, l'un des grands boulevards de Sydney, là où toute l'année traînent les prostitués et les clochards. Et les vendeurs de drogue. Ma vie sur les boulevards.

Je crois en Dieu. J'ai eu une éducation chrétienne que j'ai rejetée très vite parce qu'elle m'avait été donnée dans un orphelinat. Et même quand j'ai dérivé, j'ai toujours gardé au fond du cœur une admiration pour Jésus, ce barbu au corps crucifié... Je ne veux pas blasphémer mais je ne peux pas non plus cacher mes fantasmes. Après, tout est revenu avec la rencontre du père Elvström. Un temps, il n'y a pas si longtemps, j'avais été tenté par la scientologie, la méditation, la réflexion, le jeûne. Mais j'ai senti tout de suite l'odeur du fric. Maintenant je préfère les chrétiens. Mais parfois c'est difficile de s'arranger tout seul avec ses péchés comme le font les protestants, comme le fait le père Elvström. Sans pouvoir se confesser.

Le père Elvström, je l'ai connu comme client, sur le boulevard. Plusieurs fois je lui avais demandé cent couronnes. Je n'y aurais pas prêté attention plus que ça s'il n'y avait eu sa douceur, son sourire. Son gros ventre aussi, ça me faisait marrer et il ne me déplaisait pas. J'ai au moins la satisfaction de l'avoir rendu heureux plus souvent qu'il ne m'a payé. Nous sommes toujours amis. Qu'il le veuille ou non, protestant ou non, si j'en sors, il me confessera.

Si j'en sors.

Les deux nouvelles morts de ce matin ne font que confirmer mes craintes. Nous y passerons tous, nous expierons tous. Ce matin, Ken, piqué par un serpent. À l'aube, pendant que nous nous reposions, épuisés de fatigue ou d'anxiété. Et puis Gordon, sa noyade. Lui aussi, il était dans le business avec Sean. Ashe me l'a dit.

Le père Elvström aurait été capable de parler de tout cela avec douceur, il m'aurait expliqué le sens de ce chaos, il m'aurait fait accepter la réalité. Le pasteur n'aimait pas trop quand je lui parlais de Jan. Je m'emportais, j'évoquais la volonté de mon compagnon, son bon sens, son énergie. J'étais amoureux et j'ai longtemps cru que c'est cela que le père n'approuvait pas. Jan n'a pas de bonté, plus de tendresse. Je crois que c'est cela que lui reprochait le pasteur qui devait évidemment savoir beaucoup plus de choses que moi. Je n'écoutais rien, je ne voulais rien savoir.

Il est temps maintenant de me ressaisir. François, dans le choc qu'il m'a fait subir cette nuit, m'a réveillé. Le plus grave péché, c'est celui que voyait Eric Elvström le sage, le pasteur qui parfois caressait mon corps et s'abîmait en grognant dans le plaisir avec une petite moue de regret juste après. Il m'aime à sa manière. Ce péché, c'est l'aveuglement. L'aveuglement qui m'a empêché de voir Jan tel qu'en lui-même. Simplement je me demande aussi quelle est la nature des regrets du père. On ne sait jamais deviner dans les yeux de ceux qui vous aiment le plus.

Le soir tombait encore pour une nouvelle nuit interminable lorsque mon aveuglement a cessé d'un coup, quand un projecteur a troué les ténèbres pour éclairer la fin de Jan, après une longue journée de deuil.

Journée de confusion mais aussi de calme retrouvé. Nous étions moins nombreux maintenant et l'air aussi était plus léger. La tempête avait dépassé son pic de violence, elle s'agitait encore mais elle s'exténuait au fil des heures. Cela nous valait quelques grosses claques de vent et un brouhaha permanent. Mais le maximum avait été atteint et ce qui avait tenu debout jusqu'alors ne pouvait plus tomber.

Et la mort de deux d'entre nous, avalés par l'eau, par les tentacules de la forêt, les griffes des branches et la voracité de la terre, avait agi comme une catharsis. Nous étions responsables de ces disparitions et d'ailleurs, si Gordon y était passé lui aussi, c'était bien à cause de notre maladresse. D'un autre côté, nous étions soulagés. Nous avions franchi les épreuves, nous sentions que le plus dur était fait. Et au fond de moi, il y avait une petite flamme vacillante. Je n'allais peut-être pas mourir, pas cette fois, même si le cauchemar durait encore. Entre espoir et désespoir, une infime confiance dans la vie.

Claudio fut enterré succinctement, là où j'avais creusé un trou, dans le mien. Personne ne semblait le connaître vraiment. Il paraît qu'il bossait pour le business italien, restos, pizzerias et tutti quanti. Il n'était pas en Australie depuis longtemps. Les autres l'appelaient « le tueur de la Mafia ». Je me demande bien pourquoi. L'autre tombe est restée béante toute la journée et je m'étonne encore que l'un ou l'autre n'ait pas fait remarquer qu'elle attendait peut-être quelqu'un d'autre. Dans notre soulagement, il y avait de la lâcheté et un manque total de discernement. Nous avions des excuses.

Je n'avais presque pas vu Jan de la journée. Il s'affairait, voilà ce qu'on peut en dire. Il a essayé de faire marcher la radio. Le matin, il m'avait affirmé qu'elle n'avait pas été utilisée depuis des mois et sûrement pas la veille par Ken et Michael. À ce moment-là, je ne faisais pas attention à ce qu'il disait.

Je me suis endormi un long moment dans la grande salle délabrée après notre nuit d'émeutes et de veille. Ensuite nous avons mangé des fruits tombés des arbres et aussi des conserves sans même les réchauffer, une sorte de corned-beef. Ils parlaient, j'écoutais entre deux assoupissements. François parfois me souriait, je rougissais et je lui rendais son sourire. Il gardait son humour. Il écoutait les autres parler de Gordon, celui qui rassemblait sur son nom le plus de rancœurs. Et de Sean qu'ils mettaient dans le même sac. Et de l'affaire du *Steam-Steam*, ce sauna qui avait brûlé dans des conditions mystérieuses. Le fric, toujours le fric et le business.

Ils parlaient des drag-queens aussi. Ils reprochaient à la Gay Pride de trop mettre en avant la cinquantaine de folles hystériques que l'on voyait ensuite sur les écrans de télé du monde entier. Après, les gens ne voyaient plus qu'eux et nous marginalisaient encore plus. Paraît-il. Le rôle des managers du sex-business est évidemment de les encourager. De les pousser aux excentricités, à la caricature. Sinon pas d'images, pas de télé, pas de retombées, pas de foule venue du monde entier. Des milliers d'hommes en costume sombre, défilant sagement sans élever la voix, dans un brouhaha de sortie d'église, n'auraient pas fait l'ouverture des journaux de vingt heures. Mais bon, c'est ce que disaient ceux qui étaient là. Ceux qui n'avaient pas encore été mangés par la nature, ceux qui reprochaient son rôle à Gordon, derrière tout ça.

Et donc, un peu plus tard, la conclusion. Un éblouissement dans la lueur d'une lampe. J'ouvrais avec précaution la porte de la chambre. J'étais seul.

J'avais senti que je ne risquais plus grand-chose, que j'allais devoir vivre avec des souvenirs, que je n'avais rien résolu, même si je soupçonnais de plus en plus les alligators, ceux qui m'avaient entouré ces deux derniers jours, de n'avoir pas voulu partager le même marigot, d'avoir choisi de s'entre-tuer. Sous l'œil goguenard des vrais croco-diles. J'étais rompu, à bout de souffle, comme tous les autres. Nous avions regagné nos chambres en divaguant. Michael avait lui aussi renoncé pour ce soir à faire fonctionner la radio. Nous avions laissé des provisions sur la table, sans nous en rendre compte. Plus tard, nous avons dû faire un vrai mé-nage au milieu des fourmis et des araignées qui menaçaient de nous envahir.

J'ai entendu quelque chose dans mon premier sommeil. Ce n'était plus un bruit spécifique, plutôt un charivari étrange entrecoupé de cris brefs, de-venu soudain audible parce que le vent s'était pres-que calmé. J'ai entrouvert la porte sur l'obscurité.

La lampe-tempête de ma chambre a déchiré l'obscurité et elle a découpé sur le noir de la nuit la silhouette de Jan, le corps inerte de Jan pendu à la branche la plus basse de l'eucalyptus. De l'autre côté de la cour. Pendu par une corde, la tête un peu penchée, une tache humide sur son pantalon, une grande tache sombre. J'ai perdu conscience.

Quand je suis revenu à moi, quand j'ai pu me lever de nouveau, ils étaient tous là au cœur des ténèbres. Armés de chandelles, ils tentaient de dégager Jan. Son corps, cette fois, était prisonnier sous le tronc de l'eucalyptus qui avait basculé en biais, arraché par un dernier souffle vengeur du vent tropical. Mais c'était impossible de le déga-ger, l'arbre était trop lourd. Jan était inerte. Et mort. Mais il n'y avait plus de corde.

CINQUIÈME PARTIE

RÉCIT D'ASHE

CHAPITRE 18

Victor et moi, moi et Victor. C'est à travers ce prisme déformant que je dois maintenant tenter d'analyser les choses. Avec lui je suis passé par des phases d'entrain, d'emballement même et des phases de déprime, voire de soupçons. Quand je suis arrivé ici, je m'étais fixé une ligne de conduite : ne rien laisser au hasard, ni personne. Pas plus Victor qu'un autre mais comment résister puisqu'il m'est tombé dans les bras ? D'une certaine manière c'était plus facile pour le surveiller, pour tenter aussi d'en savoir plus. Seulement Victor n'est pas quelqu'un qu'on surveille ou qu'on questionne. Victor est là ou n'est pas là, c'est tout. Il ne ment pas, il sourit et puis il parle d'autre chose, de tout autre chose, et on oublie aussi vite les questions qu'on vient de poser. Victor a horreur des questions mais ce n'est pas qu'elles le gênent, c'est simplement qu'il ne veut pas y prêter attention. Il est sensible, câlin et malin, distrait et extrêmement observateur. Victor vit dans un autre monde et je n'y ai pas accès.

Je l'ai observé hier matin. Il était rentré à l'aube

après leur escapade imprudente. Je pense qu'avec Paul ils ont échoué. Ils voulaient rejoindre l'hôtel le plus proche, le Mirage je crois, à la sortie de Port Douglas. Il m'a dit qu'ils l'avaient fait, je n'en crois rien. À cet âge-là, ils ont encore un orgueil de coq. À eux deux ils n'ont pas pu déplacer les arbres effondrés en travers de la route même s'il n'y en avait pas tellement là où ils sont allés. Mais vis-à-vis des autres, vis-à-vis de Ken et de Gordon surtout, ils ne voulaient pas perdre la face. Ils ont dû faire des petits allers-retours pendant des kilomètres ou se planquer pendant des heures.

Je dormais quand il s'est faufilé contre moi et le jour était levé. Quand je me suis réveillé, il bandait et notre étreinte a été violente, même dans un demi-sommeil. Après, il a fait semblant de s'endormir et il ne m'a rien dit, rien du tout. Le matin sa barbe faisait tache sur le drap blanc quand j'ai entrouvert le volet roulant et qu'il a protesté.

La mort de Ken l'a secoué, beaucoup plus qu'il n'aurait voulu le montrer, quand nous avons été alertés. Un moment, j'ai bien pensé à un peu de comédie, mais c'était impossible. Il y a des choses qu'on sent quand on connaît intimement quelqu'un, même depuis peu de temps. Le doute a d'ailleurs été effacé dans la matinée avec la disparition de Gordon. Là, Victor a vraiment accusé le coup parce qu'il se trouvait à côté, juste à côté au moment de la bousculade. Je n'ai pas bien vu car j'étais presque sur l'autre rive et je regardais à mes pieds, comme nous le faisions tous pour ne pas tomber.

Gordon a perdu l'équilibre. Il n'a pas crié et au même moment nous avons tous senti que le corps que nous transportions basculait. Nous l'avons lâché, sinon nous partions avec. Je nous revois tous les huit avec les deux restés sur les berges. Tout le monde était là, sauf Jan et Michael, toujours occupés à faire fonctionner cette maudite radio qui de toute façon ne sert plus à rien. Les secours savent bien où se trouve Croconest. Ils nous évacueront dès qu'ils pourront, aujourd'hui, demain, cela d'ailleurs n'a plus aucune importance. Quand ils arriveront, tout sera terminé depuis longtemps.

Je nous revois sur les deux troncs d'arbre, comme des personnages en cire, soudain pétrifiés par la vision de l'énorme mâchoire se refermant sur le corps de notre... notre congénère disons, et n'en parlons plus. Personne n'a bougé et nous étions bien les seuls saisis d'immobilité dans un décor où la moindre feuille tremblait. Nous sommes restés beaucoup plus longtemps figés que le crocodile n'en eut besoin pour arracher le corps vivant. Et c'est Victor qui est resté le dernier, saisi de vertige au milieu du gué furieux. Il avait perdu toute couleur, Paul est allé l'aider. Après, longtemps après, il ne voulait plus parler, je n'ai pas insisté. Nous nous sommes retrouvés dans sa chambre après avoir mangé en silence quelques fruits avec les autres. Il n'a rien dit.

Je crois que tous ceux qui restent sont hors du coup. Ellis le sourd-muet et son ami Thomas, les deux Belges, surtout François que chacun apprécie de plus en plus. Victor et Paul, trop jeunes, pas assez cruels. Ils ont encore l'enthousiasme et la paresse, ils recherchent autre chose que le fric même s'ils en parlent souvent. Ils ont tous les deux réussi dans l'informatique. L'un a créé une start-up, l'autre fonce chez Microsoft et ça marche. Il est presque incongru qu'ils se reposent ici. Leur excuse est d'aller ensuite au « Mardi gras » et à cette Gay Pride, ils ont un côté militant assez touchant, respect des autres, tolérance, comme seuls les Anglo-Saxons peuvent le faire avec autant de naïveté. Et je crois aussi que leur petite start-up, leur site Internet ont à voir avec le milieu gay. Ils n'en parlent jamais. Je leur demandais :

— C'est quoi votre business ?

J'ai répété ma question une dizaine de fois à l'un et à l'autre. Ils répondent toujours de la même manière, que c'est chiant, que je n'y comprendrais rien et en éclatant de rire ils finissent par me dire :

— Ashe, tu es trop vieux, nous, nous sommes les maîtres du monde.

C'est Paul qui l'a dit, Victor souriait mais il aurait pu le redire mot pour mot. Je ne me fais pas d'illusions, s'il vient avec moi chaque soir c'est parce qu'il bande pour les garçons plus âgés que lui, nettement plus âgés.

C'est sur l'âge que tout se joue ici, c'est pourquoi j'hésite pour les deux Suédois. Le plus jeune,

Bjorn, est sûrement du bon côté. Jan, peut-être pas. La plupart des vieux sont morts, moi pas. Je parierais bien un paquet de dollars australiens que tous sans exception, jeunes ou vieux, se sont sentis coupables d'une manière ou d'une autre.

Je travaille pour les assurances. Je suis venu ici avec la mission d'enquêter sur deux personnages troubles, propriétaires d'un sauna qui a brûlé, le *Steam-Steam*. Je ne devais me découvrir à aucun prix et je ne suis pas prêt à le faire parce que ma vie en dépend.

Parfois je pense à Dave Brandstetter, le héros de l'écrivain américain Joseph Hansen. Pas parce qu'il est gay, à cause des assurances. Cette fois je suis en train de basculer dans la vraie fiction à mon corps défendant. L'incendie du *Steam-Steam* avait fait deux morts, il y en a quatre de plus maintenant. À ma place, Dave Brandstetter aurait déjà résolu le mystère. À ma décharge, Hansen lui laisse toute latitude pour bouger à sa guise et mener son enquête. Je dois le faire sans aucun moyen de communication sur un territoire grand comme un terrain de foot, le *soccer* comme ils disent, en plus allongé. Mais comme Dave j'ai à présent une idée assez précise sur ce qui s'est passé et je suis au moins aussi pessimiste que lui sur les ressorts de la nature humaine. Et les motivations et les passions. Très noir.

S'il n'y avait pas Victor. Sa présence n'a probablement rien à voir avec tout ce qui s'est passé. Mais pour la première fois j'ai laissé un élément illogique interférer dans une de mes enquêtes. Le désir.

Nous étions dans sa chambre. Ses cheveux bruns, bouclés, son corps bronzé, nu, sur le drap. Une espèce de lassitude au coin de la bouche. Il a soudain lâché :

— Je n'ai pas envie de voir la suite.

— Quelle suite ?

— Comment tout cela va finir.

— Je suppose qu'ils vont venir nous chercher et sans doute pas par la mer, elle est encore déchaînée pour plusieurs jours.

— Ce n'est pas ça que je veux dire.

Il avait sur la tête la moitié d'un Walkman, c'est-à-dire qu'il écoutait Björk d'une seule oreille. Il a poussé le bouton et je pouvais entendre un murmure, les stridulations assourdies de la voix islandaise qui sortait des écouteurs. Je savais pourtant qu'il allait continuer, sinon il ne se serait pas gêné pour s'isoler. Quand nous avons commencé à en parler, j'ai pris conscience que c'était la première fois que nous le faisions face à face, sans la présence des autres. C'est vrai que le cyclone nous avait beaucoup accaparés et que les rares moments tranquilles, nous les avions passés à tout autre chose. Il n'a pas fui la discussion quand j'ai dit :

— Qu'est-ce que tu en penses ?

— De Croconest ?

— Ne sois pas idiot.

Il ne l'était pas, pas le moins du monde, il ne refusait pas d'en parler, simplement il choisissait ses mots.

— Comme tout le monde, je pense que certains ont été un peu aidés à mourir.

— Certains ?

— Claudio, Ken, tout ça.

— Et pourquoi ?

— Pourquoi me demandes-tu cela, Ashe ?

— Pourquoi pas, on ne peut pas rester là à faire semblant que rien ne s'est passé. De toute façon, quand les secours vont arriver, ils vont nous poser des questions.

— Et il faudra répondre. Tous de la même manière.

Il m'avait pris de court. Je devais faire très attention à ne pas me découvrir, pas pour l'instant en tout cas. Ils finiront bien tous par le savoir, que je travaille pour les assurances. Le plus tard sera le mieux, même pour Victor. J'ai fini par répondre :

— Nous n'avons rien à nous reprocher.

— En es-tu sûr ?

Il m'a fixé et puis il a éclaté de rire. Mais il n'est pas resté longtemps ironique :

— Écoute, des gens meurent en série, tu n'imagines quand même pas que, lorsque le calme reviendra, ils vont nous laisser tranquilles. Les autres aussi se posent beaucoup de questions. Chacun pioche dans ses souvenirs.

— Tu en as ?

— Des souvenirs suspects, tu veux dire ? Non, pas vraiment, et toi ?

Il fallait bien que je donne le change :

— Les mêmes que tout le monde. La bagarre entre Gordon et Ken, le jour de mon arrivée quand je t'ai rencontré. Et puis des indices de-ci de-là. En admettant que la plupart d'entre eux travaillent bien dans le même business.

— C'est une hypothèse de départ. Elle est bonne. J'en suis sûr au moins pour Gordon et Sean. Quels sont tes indices ?

— Je vais te surprendre, Victor.

— Dis toujours.

— Gordon et Paul et Claudio dans la forêt, je n'arrive pas à me convaincre que c'est par hasard qu'ils se sont rencontrés là, tous les trois, juste avant le déclenchement de la tempête. Je les ai vus. Gordon cherchait quelque chose et Paul tombait à pic.

— Qu'est-ce que tu penses ?

— Je pense que Paul et Gordon se connaissaient depuis plus de temps que tu ne me l'as dit.

— Pense ce que tu veux.

Le petit jeu du chat et de la souris risquait de s'éterniser, nous tournions en rond. Il a enlevé son casque, l'a débranché et la chambre a été inondée des modulations répétitives de Björk. *Hunter*, chasseur. Qui chassait l'autre ?

Il y eut un blanc. J'ai boudé, je n'ai pas voulu m'expliquer, ça ne servait à rien et de toute façon je ne pouvais pas tout lui dire, je pensais seulement à sa présence étrange dans l'hôtel et dans mon lit. En l'occurrence le sien, c'est moi qui étais dans sa chambre. J'enfilais un tee-shirt et un slip, je fumais une Camel, un paquet trouvé dans le bureau de Ken. Je sais que ça l'agace, Victor, quand je fume. Le respect des autres, le cancer, tout ça.

Cette fois-ci je lui faisais payer le concert improvisé de Björk qui obligeait à ne pas répondre à la moitié des questions.

Il ne disait plus rien, il restait nu, allongé, se caressant distraitement, faisant semblant d'écouter dans le casque et puis tout à trac il a commencé un long monologue sur fond de musique techno-scandinave et de souffle épuisé de tempête, d'agacement de volets. Sans me regarder :

— Ça s'est passé tout à l'heure sur les deux troncs d'arbres au milieu de la creek. J'étais seul au milieu de l'eau qui bouillonnait. J'ai été pris de vertige et ça m'a beaucoup troublé. Impossible d'avancer ou de reculer, paralysé. C'était la première fois de ma vie, jamais je n'avais connu un tel malaise. Pendant quelques secondes je ne me suis même plus souvenu que vous étiez tous à côté, à côté de moi. Ni que Gordon et Ken étaient partis, emportés par l'eau de la creek en crue. Gordon et Ken ensemble, c'est drôle à la réflexion. Mais là, je ne me souvenais de rien, je crois que Paul est venu m'aider mais je ne pouvais plus avancer. Paul est un ami, enfin je crois. Juste un ami, je n'ai jamais baisé avec lui si c'est ce que tu veux savoir.

Je ne lui avais rien demandé, rien suggéré. Il a marqué un silence qui tombait à plat entre deux morceaux du disque. Je n'ai rien dit puisque je n'avais rien demandé. Victor a continué en devançant mes pensées :

— Non, mais je sais que tu te posais la question. Les mecs se la posent toujours, autant le leur dire.

Jouer franc-jeu. C'est ce que j'essaie de faire parce que ces quelques secondes au-dessus du vide m'obsèdent. Maintenant je revois tout avec beaucoup de précision. Tout sauf un blanc entre la chute de Gordon et l'arrivée de Paul. Tu crois que c'était long ?

Je n'ai pas répondu non plus. Il a continué :

— Peu importe, Gordon était à côté de moi, il tentait de porter aussi le paquet de Ken. Il semblait avoir du mal, pas par manque de force mais par manque d'énergie, il avait l'air vraiment sonné. Il a dû glisser, il a perdu l'équilibre et il n'a pas osé s'agripper à l'un de nous. Je ne sais pas ce qui lui est passé par la tête, il a peut-être simplement pensé à ne pas se faire mal, et à se rattraper aux branches. J'ai tout vu. Et personne ne l'a poussé.

Nous y étions. Enfin Victor donnait un avis, prenait parti :

— Cela a changé complètement ma manière de voir les choses... Jusque-là j'avais vaguement cru à cette histoire de règlement de comptes entre vieux requins. Les vieilles bêtes qui se poussent l'une l'autre pour manger le gâteau. Ken, Sean — Claudio aussi, pourquoi pas ? Je sais que Claudio voulait parler à Gordon et que c'était du business, mais il n'osait pas à cause de la langue, l'anglais qu'il parlait mal. Sean était le seul à parler parfaitement italien. Cette solution du règlement de comptes m'arrangeait parce que j'y étais totalement étranger, que je ne risquais rien. Mais depuis, Gordon est tombé, tombé tout seul, voilà ! Et mon petit échafaudage de théories s'effondre.

Parce que si personne n'a poussé Gordon, si vraiment tout cela est le fait du hasard, j'ai tout faux. Et nous ne sommes à l'abri de rien.

Björk avait terminé depuis longtemps. Sa voix malicieuse avait cessé de nous envoûter et le sortilège prenait fin avec le disque. Et le disque ne bougeait plus dans le Walkman. Victor a arrêté de parler. Sa dernière phrase sonnait comme un avertissement et j'ai compris que Victor était aussi capable de mentir.

CHAPITRE 19

Victor mentait, j'en étais sûr maintenant, car cela ne s'était pas passé ainsi au-dessus du torrent. Mais il voulait se donner le beau rôle. Et puis, il lui manquait deux ou trois éléments que j'avais récupérés de mon côté.

En fait son doute m'était précieux. J'aurais détesté que, après cette confession très libre et les travaux pratiques par lesquels nous avions commencé avec tant de liberté aussi, il ne perde pas un peu de ses certitudes.

Il les avait acquises dans la communauté gay, très forte dans les pays anglo-saxons. Beaucoup moins acceptée qu'on ne le croit, cette communauté fonctionne comme n'importe quelle ethnie. Elle a son ghetto, son territoire, ses rites, ses codes et ses lieux de vacances. Comme une famille qui donne une sécurité qu'on ne trouve pas ailleurs. Victor est un pur produit de cette culture-là. J'attendais depuis le début que son bloc de certitudes se fissure. Il n'est pas naïf non plus, il sait bien que certains profitent des opportunités, des modes, du marché. Mais il laisse cela aux plus vieux, enfin je crois, même si, avec son e-business, il s'est peut-être rendu compte des possibilités. À son âge on consomme, on profite, on consume sa vie. Personne n'y échappe dans le milieu. Le plaisir pur, en jouir, un mode de vie. L'amertume, le cynisme viennent après.

Donc ses certitudes fissurées, son monde vacillant. Les règles changées en quelques jours et l'inquiétude. Victor s'était toujours senti intouchable, ce n'était plus le cas. Fragilisé parce que, soudain, une vraie menace pesait sur lui. La mort de Gordon avait eu cet effet-là sur son cerveau au moment où les corps avaient basculé.

Mais pourquoi pendant si longtemps, malgré les premiers décès en cascade, Victor s'était-il senti hors d'atteinte ? Il avait fait preuve pendant ces premiers jours d'une assurance nonchalante. Au-delà de la nervosité due à la tempête, à l'enfermement et au poids de l'inquiétude des autres.

Victor inquiet soudain, toujours nu, bandant légèrement, les doigts sur sa queue, le regard dans le vague, pas décidé à se lever. Indécis. J'étais sûr pourtant qu'il ne savait pas tout ce que j'avais appris en observant.

Par exemple que quelques instants avant que les deux Belges ne partent à la plage d'où ils allaient revenir aussitôt en hurlant parce qu'ils avaient découvert le corps inanimé de Claudio, juste avant que le cyclone nous atteigne, j'avais vu Ken revenir discrètement de la même plage. Je l'avais trouvé pâle et contrarié. De loin.

Que la nuit dernière, avant le retour de leur expédition manquée en 4 × 4, j'avais écarté les rideaux de la fenêtre qui donne sur la galerie et que j'avais aperçu Gordon, un sac à la main. Il n'était pas loin de six heures du matin et il se dirigeait vers le bureau de Ken. Il s'était même retourné pour voir si personne ne le suivait dans l'obscurité, j'avais refermé le rideau en espérant avoir été discret. J'étais resté longtemps, le cœur battant, près de cette fenêtre.

Et que ce matin au petit déjeuner, enfin à cette heure-là à peu près, alors que nous en étions toujours à nous demander ce que nous allions faire des corps de nos morts, Gordon et Jan avaient pris un verre ensemble au bar. Des whiskies bien tassés. Et que j'avais vu Jan, l'aîné des Suédois, profitant du moment où Gordon avait plongé sous le bar pour y prendre quelque chose ; j'avais cru le voir échanger les verres. Oui, c'est cela, inverser les deux whiskies.

Enfin qu'hier j'avais fouillé dans les affaires de Victor et que j'y avais trouvé un livre de Joseph Hansen. C'est au moment où j'allais lui demander pourquoi, qu'il a enfilé son short et qu'il a quitté le bungalow sans dire un mot.

CHAPITRE 20

Victor était donc moins naïf ou moins superficiel que je n'avais voulu le croire. Il faisait bien une fixation sur Gordon et peu importe laquelle. Le fait est que, quand le nabab a chu, quand l'empire s'est effondré, Victor était juste à côté et cela l'avait pétrifié. Pourquoi l'aurait-il été si Gordon l'avait laissé indifférent ?

Quant au livre de Joseph Hansen, même si c'est un classique de la littérature noire et gay, ce ne pouvait être un hasard. Serait-il tombé dans mes bras si facilement s'il n'avait rien soupçonné à propos de mon enquête ? Avait-il vu mes notes ? Étais-je trop prévisible, trop distant vis-à-vis de toute cette affaire ? Je crois simplement que mon auteur préféré l'a mis peu à peu sur la voie. En anglais, cette enquête de Brandstetter, racontée par Hansen, s'intitule *The man everybody was afraid of*. Ce que l'éditeur français, honte à lui, a traduit par *Les mouettes volent bas*. Les soupçons aussi. Peu importe, j'étais maintenant découvert, au moins par Victor et par Paul et bientôt par tous les autres. Autant jouer franc-jeu.

Ce que je fis tout au long de cette interminable journée. Ce n'était pas difficile puisque tous, désœuvrés, cherchaient la même chose. Comprendre ce qui était arrivé, cerner la vérité ou au moins s'en approcher.

J'ai quitté la chambre de Victor aussitôt après lui et tout était désert. Entre deux étreintes, à une journée d'intervalle, il y avait eu la découverte du corps de Jan, sous le gros arbre, le dernier couché par la tempête. Cela nous avait tous laissés muets, insensibles, sourds et désemparés. Chacun était reparti, couple par couple. Le ciel restait bouché et c'est à ce moment que nous nous étions retrouvés face à face, avec Victor, dans sa chambre. C'est là qu'il s'était laissé aller. C'est là qu'il m'avait fait part de son désarroi et de ses interrogations. Ensuite, il était parti je ne sais où en me laissant en plan. Je n'avais plus qu'à retrouver les autres et les écouter. J'étais sûr de récolter les quelques indices qui me manquaient.

Une fois encore tout était vide. J'ai repensé à mon arrivée à Croconest quelques jours, un siècle plus tôt. La même impression de creux, d'absence, comme une soustraction. Tout ce contraste entre l'envahissante nature et ce qu'elle recèle de plus profond, ce qui n'est pas humain. C'est cela que j'avais pressenti, c'est bien cela qui était arrivé. Le ciel gris, la mer sale, le vent exténué qui nous faisait encore sentir sa haine par quelques dernières bouffées impuissantes. Décourageant.

Je les ai retrouvés dans la salle à manger dont ils avaient défait les derniers volets, les dernières protections. Elle paraissait encore plus abandonnée qu'avant et pourtant j'ai tout de suite vu qu'ils s'étaient donné du mal. Michael était appuyé au bar, mais il ne préparait plus rien, ni breakfast ni whisky. Les autres faisaient chauffer de l'eau sur un petit réchaud de camping pour du thé ou du café. Personne ne regardait plus vers la mer, ils n'en attendaient plus rien. Nous nous doutions bien que nous allions devoir prendre notre mal en patience, en comité de plus en plus restreint. Personne ne l'a dit, mais je suis sûr qu'ils pensaient tous à la même chose : qui serait encore là quand les secours arriveraient ? C'était inscrit dans leurs yeux en ombres blafardes. Des yeux morts.

Les problèmes pratiques et une fois encore des obsèques sommaires à organiser. C'était comme si le temps n'avait plus d'importance, comme si personne ne s'en souciait plus. Quelques fruits, des boîtes de conserve, nous n'aurions pas faim.

Ils s'étaient organisés, ils avaient rangé la grande salle et c'était plus triste encore. Ils cherchaient à comprendre ce qui était arrivé au grand Suédois. Son compagnon n'avait plus dit un mot depuis qu'il l'avait découvert à la fin de la nuit. Il avait crié et puis plus rien, une sorte d'autisme. Paul l'avait pris en charge, ne le quittait plus d'une semelle et il était maintenant assis à côté de lui. Mais Bjorn ne nous regardait plus comme avant. Un regard interrogateur, l'air de dire : et le prochain ?

Nous allions à l'essentiel avec une efficacité qu'aucun de nous n'avait manifestée auparavant. En l'espace de trois jours, ceux qui restaient — ils, nous, je — avaient appris la mort. Et comment la gérer. J'avais maintenant une idée assez claire de ce qui s'était passé ici durant ces trois jours. Une affaire en cascade, comme un jeu de dominos. Il me manquait encore des preuves et surtout le début. Le début et la fin.

J'avais faim, je me suis préparé un sandwich de corned-beef avec des biscottes molles et nous sommes partis enterrer Jan. J'étais sûr qu'après ils parleraient de lui, juste après. C'est ça qui me manquait, Jan, son rôle.

Efficacité. Bjorn n'a rien dit quand Ellis, encore lui, traduit par Thomas son compagnon, a décidé que nous n'allions pas bouger son corps de là. Il était trop coincé sous l'arbre, il aurait fallu creuser et déplacer plusieurs tombereaux de terre mêlée aux racines avant de parvenir à le bouger. C'était hors de question. Alors, un linceul de palmes et de la terre dessus. Le courage ne nous a pas manqué. Même Bjorn a tenu à nous aider, mais toujours sans un mot. Nous avons manié la pelle et la bêche avec constance et efficacité. Max ramassait des palmes arrachées aux troncs depuis deux jours. Ellis était tombé sur des fourmis géantes en creusant à côté et j'ai pensé qu'elles allaient faire un festin de chair blonde et suédoise. Je me demandais ce que Bjorn pourrait expliquer en rentrant à Stockholm à la famille protestante. Qu'était-il devenu, qu'étaient-ils devenus ?

Bien sûr, ces corps, nous ne les avons pas mangés comme les passagers de l'avion perdu dans la cordillère des Andes. Peut-être seulement parce que nous n'avions qu'à nous baisser pour ramasser des fruits et qu'il faisait une chaleur peu propice à conserver la viande, contrairement à ce qu'avaient connu les rescapés de la montagne enneigée. Abandonnés, homos ou pas, la cruauté n'est qu'une affaire de circonstances. Tous ceux qui restaient ici ce matin, touristes cinglés et égarés, hors des règlements de comptes des hommes d'affaires, gays confirmés, étaient juste devenus réalistes et cruels.

Les oiseaux, de gros corbeaux que la violence de la tempête avait transformés en charognards vindicatifs, n'avaient, eux, plus de scrupules. Ils nous agaçaient de leurs insupportables cris et c'est pour ne pas les voir dépecer un de nos semblables que nous nous appliquions à cette sépulture de fortune en bâtissant un véritable tumulus. La vision fugitive de la prochaine victime, dont ces horribles bêtes noires et cirées pourraient arracher la chair morceau par morceau, redoublait notre ardeur.

Puis ils se sont mis à parler doucement, assis sur le tronc, celui qui avait écrasé Jan. Une manière de l'enterrer un peu plus. Nous ruisselions de sueur amère et les croassements ne cessaient pas.

Max le premier, ce qui m'a surpris et ce qui a surpris plus encore François, le meilleur d'entre nous. Depuis le moment où, travesti, François nous avait chanté les paroles de cette chanson prémonitoire : *On n'a jamais fait un cercueil à deux places*, jusqu'à ce matin, François n'avait manifesté aucune exaspération, aucune colère, même contre Max. Ce dernier nous a dit :

— J'ai parlé longuement avec Jan hier. Il était bizarre, très bizarre.

J'ai demandé :

— C'est toi qui lui as parlé ?

— Non, c'est lui. Il est venu vers moi alors que j'étais seul derrière la véranda, au bord de la piscine qui n'est plus qu'une grande mare pleine de branches et de feuilles arrachées. J'avais du mal à le comprendre, mais je n'avais rien d'autre à faire, plus de tombe à creuser, plus de chambre à ranger, plus de veuve à consoler.

Plus que l'humour macabre, c'est son aplomb qui m'a surpris. Peut-être qu'au fond, tout au fond de son cerveau saturé de lieux communs, comme la piscine de palmes et de branches cassées, il y avait chez Max un vrai caractère. Ou peut-être bien que François, durant leurs années communes, avait fini par déteindre sur lui. Il continuait :

— Bref, j'ai eu du mal à m'y retrouver, il était presque incohérent. Je ne crois pas que c'était l'obstacle de la langue, je distinguais bien ses mots, pas leur sens. Il avait peur, ça c'est sûr...

Je n'ai pas pu m'empêcher :

— De quoi ?

— Je ne sais pas, peut-être de lui-même. Il était au bord de l'hystérie, mais nous l'étions tous. Il disait qu'il ne voulait pas se faire avoir, que ce n'était pas le moment. Mais...

— Pourquoi te parlait-il, à ton avis ?

— J'étais le premier sur son chemin, tout simplement. Le premier qui voulait bien l'écouter.

À ce moment, il a croisé le regard de Bjorn et Max a rougi. Mais je ne suis pas sûr que le Suédois l'entendait. Il l'écoutait, mais pour le reste, *nada*.

— Bref, il me parlait et c'était comme les autres jours, ça aurait pu être n'importe lequel d'entre nous, on a tous eu tellement peur.

François a dit :

— Tu es sûr que c'est fini ?

— Ne m'interromps pas, il était vraiment prêt à craquer. J'ai l'impression qu'il a fait une crise d'angoisse.

— Mais pourquoi ? (J'insistais.)

— Pour tout ça, tout ce qui s'est passé et quelque chose en plus qui lui faisait peur. J'ai l'impression qu'il s'est foutu en l'air, voilà.

Là, Bjorn n'a rien dit non plus, mais son regard s'est mouillé et il a pleuré silencieusement. J'ai commencé à poser une autre question, Paul m'a stoppé net :

— C'est ton enquête qui continue ?

Depuis une bonne vingtaine de minutes, je n'avais pas cessé. C'est vrai aussi qu'il me manquait la dernière pièce du jeu de dominos, la dernière qui tombe. La dernière tombée, c'était Jan et j'aurais bien voulu savoir ce qui lui était arrivé. Je n'avais aucune piste. J'ai eu un haut-le-cœur quand Paul m'a interrompu, mais j'ai choisi de répliquer sur le même registre.

— Appelle-moi Miss Marple.

Je ne sais pas si les autres étaient au courant pour mon enquête, puisque enquête il y avait. Je crois surtout qu'ils n'en avaient rien à foutre. Ils ont continué à parler, mais je me suis bien gardé de revenir à la charge, même si ça me démangeait.

Ils ont rangé les outils, quitté leur perchoir, oublié la tombe et regagné le bâtiment principal. Ils vivaient, nous vivions tous au radar. Quelqu'un a posé une question sur l'alimentation en eau. Michael a répondu d'une manière rassurante que la pompe pouvait s'actionner à la main et qu'il y avait peu de chances pour que les réserves se soient gâtées. D'ailleurs, Michael avait l'air d'avoir maintenant les choses en main. Il avait pris de l'envergure comme s'il avait tout à coup poussé sur toute cette pourriture qui se décomposait dans notre monde à nous. Ici et maintenant. J'ai fait une remarque à ce propos en aparté et Paul m'a répondu :

— Michael se débrouille très bien, je m'en suis aperçu l'autre jour quand nous sommes allés ensemble voir les poissons sur le reef.

— Avant que j'arrive ?

— Oui, c'est ça, juste avant.

Le jour où Sean avait disparu. La pièce manquante, le premier domino.

CHAPITRE 21

Il ne nous restait plus qu'à attendre les secours et c'était coton, c'est le cas de le dire. Filandreux et flou, le temps n'existait plus. Ni l'horloge ni la météo. Nos existences n'étaient rythmées que par nos zigzags incohérents, leurs zigzags illogiques. Juste le besoin de bouger, moi j'avais celui de m'asseoir et j'observais leurs déplacements, ce qui ne servait absolument à rien.

Je me suis adossé au tronc d'un cocotier, tournant le dos au rivage. La mer nous en avait fait voir de belles, je lui marquais ma désapprobation et je les regardais tous, perdus là, leur obstination, leurs allées et venues, comme des fourmis.

Je récapitulais dans ma tête, je ne faisais plus confiance qu'à ma mémoire, je ne voulais plus rien écrire, ne pas laisser traîner la moindre note. Mes notes précédentes avaient permis à Victor de renifler une piste. Cette fois, je n'étais pas pressé de le retrouver.

Voici ce qui avait dû se passer :

Sean noyé, avec ou sans l'aide de Michael, le premier domino. Ne pas oublier que Michael est ici depuis beaucoup plus longtemps que les touristes que nous sommes. Et mettre en balance avec le fait qu'il n'est qu'un employé. Mais il savait sûrement des choses, de celles qu'il n'avait pas à savoir. Sean était très au-dessus de lui dans l'organigramme, propriétaire avec Gordon de Croconest et de beaucoup d'autres choses rentables. Un premier grain de sable, une première chute, celle de Sean. Il paraît qu'il savait très bien nager, je l'ai glané quelque part. Michael et Paul et Sean : trois hommes dans un bateau. Le bateau revient sans Sean, une palme est retrouvée par l'équipage le lendemain, sous mes yeux et ceux de Claudio. Donc, Sean rayé des listes.

Gordon est sur la défensive, il perd son associé. Il accuse tout le monde. Et Ken, ce qui est idiot. Et il a peur de Claudio, cet étranger très étrange et très étranger. Au milieu gay, pas au milieu tout court. Ils font des affaires ensemble, ils ont des accords à négocier, des gâteaux à partager. Gordon pense alors qu'il vaut mieux régler tout cela en famille, qu'il ne faut pas commencer à mettre le doigt dans l'engrenage, Gordon qui ne veut pas partager avec les Italiens. Ken est son employé, il lui doit tout, il doit donc s'exécuter, il doit donc exécuter. Ce jour-là, j'ai vu Ken revenir en catimini de la plage juste avant que François ne découvre le cadavre du mafieux italien. Le gérant était très pâle. Exit Claudio.

Et alors Ken devient trop encombrant, il a déjà beaucoup servi, beaucoup trop. Il sait faire marcher l'hôtel, mais tant pis. Gordon est meurtri, il n'a toujours pas digéré que Sean l'ait trahi, qu'il ait couché avec Ken, que Ken ait couché avec Sean. Gordon n'a pas accepté la disparition de son ami, Ken est alors la victime désignée. J'ai vu Gordon inquiet, près du bureau du gérant quelques instants avant l'aube, quelques minutes même. Exit Ken.

Ensuite Gordon est rattrapé par sa folie, dépassé par les événements, il perd le contrôle. Les whiskies servis par Michael, puis par Jan et un échange de verres à ce qui m'a semblé. Gordon appartient à une génération finie et un jour ou l'autre il doit bien passer la main, passer l'arme à gauche. Comment s'y sont-ils, comment s'y est-il pris ? Un somnifère, quelque chose d'autre ou la perte d'équilibre ? Jan n'était pas sur le pont du torrent quand l'homme d'affaires est tombé, Michael et Jan, complices ? Pure hypothèse, pas d'évidence. Michael dont je ne savais rien, dont je ne sais toujours pas grand-chose. Et ça risque de continuer car tous ceux qui restent ne sont arrivés qu'après la disparition de Sean, ou juste avant. Mais Gordon est tombé et Jan y est probablement pour quelque chose. Exit Gordon.

Enfin Jan, le dernier domino. Pour l'instant.

Conjectures, pas de preuves. Pas de preuves pour aucun d'ailleurs. Je suis peut-être un mauvais détective. Pour mon rapport, ce sera simple : accident. Mort du bénéficiaire de l'assurance, décès de Gordon. Pas de bénéficiaire, pas d'indemnité. Il n'a pas disparu, il a été mangé par les crocodiles, j'en suis témoin. Ma parole contre celle de l'alligator. Ma compagnie ne versera rien et me remerciera pour ma filature, mon travail soigné. Pas d'ayant droit autre que Sean et vice versa. Peu importe que le *Steam-Steam* ait brûlé, cela n'aura rien coûté.

Mais en parallèle, j'ai vécu une histoire et j'ai envie de savoir ce qui s'est réellement passé. Comprendre, juste comprendre. Alors, Jan ?

Affolé, dépressif, stressé. Il a pu prendre peur, sûrement pas se suicider. D'ailleurs on n'attente pas à ses jours en se jetant sous un arbre en train de tomber. Mais il a pu passer dessous dans un moment d'égarement ou de panique. Une fuite dans l'atmosphère dangereuse au milieu d'un environnement hostile. Peu probable.

Nous ne sommes plus que huit. Au début, nous étions treize, sans compter Sean déjà disparu. Plus les lesbiennes, Ron le chauffeur et la femme de ménage ; nous ne les avons plus revus. Treize au moment où le cyclone nous a rattrapés, où la tempête nous a faits prisonniers. Il en reste huit. Avec moi.

Victor est entré dans ma chambre sans même frapper. Comme si je venais à l'instant de refermer sa porte puisque nous étions chez lui un peu plus tôt ce matin. Il n'a pas frappé et je n'ai pas tourné la tête, je le trouvais contrariant. Cette présence, encore.

— Tu rédiges ton roman ou ton enquête ?

— Pourquoi dis-tu cela ?

— Parce qu'il est temps de ne plus jouer à cache-cache.

202

— Alors disons que je romance mon enquête.

— Et tes conclusions ?

— J'allais justement t'en parler.

Il a posé une bouteille qu'il avait apportée dans un sac, sur une table basse près de la baie vitrée. Il a rincé deux verres dans la salle de douche et il nous a servis. C'était du jus de fruits, savoureux mais un peu tiède, je me demande bien où il avait pu le dénicher. Je me suis allongé sur le divan un peu plus loin, après avoir reposé mon verre. Je regardais dehors et j'ai réalisé qu'allongé ainsi, avec Victor derrière moi, cela ressemblait à une séance chez un psychanalyste. Je ne le voyais plus, c'était mieux pour ce que j'avais à lui dire. Mais je l'ai laissé venir et après un long silence il s'est décidé.

— J'avais compris depuis longtemps que tu n'étais pas là seulement pour te reposer.

— Comment ?

— Ton insistance à propos de Gordon, tes questions, ça m'arrangeait bien.

— Qu'est-ce qui t'arrangeait bien ?

— Que tu démasques Gordon.

— Je n'ai rien démasqué du tout.

— Tu allais le faire, non ?

— J'ai compris tout de suite que j'arriverais trop tard, tout a mal tourné.

— Qu'est-ce que tu veux dire ?

Je lui ai tout raconté, mon point de vue, mes conjectures, tout ce que je venais de penser dans ma tête. Mais pendant que je le faisais, méticuleusement tourné vers la mer, les cocotiers, tout ce fatras de faux paradis, tout ce décor désagrégé, en tout cas sans jamais regarder derrière moi, je déchirais mes papiers, mes vieilles notes, en minuscules morceaux. Ostensiblement. Et d'ailleurs je me demande bien pourquoi, puisque mes déductions, mes divagations ne serviraient plus à rien de toute façon. J'ai dit à Victor que cela ne pouvait plus servir à personne. J'ai demandé :

— Le sauna ?

— J'ai un ami qui est mort dans l'incendie, Dal, mon ami. Voilà.

Un silence d'analysant, je ne savais plus quoi dire. Une vengeance ? Je lui ai posé la question, il a ri et le silence s'est réinstallé. Je n'y croyais pas trop, il me fallait des preuves, il ne m'en a pas donné, juste quelques explications. Si c'était vrai, l'incendie du *Steam-Steam* aurait coûté encore plus cher que je ne croyais, trop cher.

— Ce n'est pas parce que nous étions ensemble que nous ne pouvions pas sortir chacun de notre côté. D'ailleurs, j'aurais bien préféré être avec lui ce jour-là, je l'aurais sauvé ou peut-être que je serais mort avec lui. Peut-être que je l'idéalise trop. Bref, tu sais ce que c'est, le sauna ?

— Pas trop…

— Tu n'y es jamais allé ?

— Une fois ou deux en Europe, mais c'était quasiment vide, ce ne devait pas être le bon moment.

— C'est un endroit où l'on se relaxe, la vraie culture gay. Tu peux faire tout ce que tu veux avec qui tu veux, si *il* veut. Il y a des salles de vapeur un peu opaques, des ombres que tu croises et que tu touches. Ou plus si affinités. Il y a des cabines où tu peux t'enfermer à deux ou à trois. Et un labyrinthe très sombre. C'est parce que Dal était dans le labyrinthe du *Steam-Steam* qu'il n'a pas pu s'en sortir. J'espère seulement qu'il n'a pas eu le temps de se rendre compte de quoi que ce soit.

— Tu y vas, dans les saunas ?

— Non, je préfère les bars.

— Ça ne te gênait pas que Dal y aille ?

— Non, c'est comme ça. Ce n'est pas parce qu'on vit ensemble qu'il faut copier les couples hétéros.

— Et Gordon ?

— Ou il a foutu le feu, ou il a laissé faire, ou les normes de sécurité n'étaient pas respectées. Dans tous les cas, il est responsable. C'est un salaud, je te l'ai dit dès le début.

— Mais toi, ici, tu étais là pour te venger ?

— J'avais envie de le voir de près, de le menacer.

— Tu l'as… ?

— Qu'est-ce que tu en penses ?

— Je ne crois pas.

— Crois ce que tu veux, l'important c'est qu'il ait payé.

C'était peut-être seulement ma peau sur le tissu du divan, mais soudain j'ai senti la sueur qui me coulait tout le long du dos. Je n'arrivais pas à croire que Victor que j'avais tenu dans mes bras depuis quelques jours, que Victor avec son goût du plaisir et ses gestes doux, ait pu commettre un tel acte. Je ne voulais pas me retourner pour scruter son visage ou ses yeux, mais je me sentais en porte à faux. Tout faux. Il était resté longtemps pétrifié sur le pont du torrent après l'accident, de longues minutes. Paul avait été le rechercher. Je lui ai dit :

— Moi, je ne crois pas.

— Qu'est-ce que tu ne crois pas ?

— Rien, rien de tout cela, la part de hasard.

— Tu y crois ou tu n'y crois pas, au hasard ?

— Et Jan, alors ?

— Jan était barjot, non ? a répondu sèchement Victor.

— Nous le sommes tous, tous les gays, nous deux aussi évidemment. Mais alors toi, mon petit Victor, redresseur de torts, mon petit fox à poils d'or — je me forçais —, qu'est-ce que tu as fait dans tout ça ?

— Mais rien, idiot, je me suis contenté d'observer. Et je suis content de t'avoir rencontré. Et pas seulement parce que tu étais sur la piste de Gordon.

J'ai souri, mais il ne pouvait pas le voir. Par ma position allongée, j'étais le patient et j'ai décidé de ne plus parler du tout, de le laisser dire, sans l'interrompre, sans l'encourager non plus. Dehors, rien n'avait changé et nous aurions pu être dans la même position depuis des siècles. Victor s'est décidé :

— C'est drôle, dans ton rôle de petit détective, il y a un élément qui ne compte jamais...

Pas de réponse, je laissais faire. Cela n'a pas semblé le gêner. Le silence ne nous embarrassait pas, ni l'un ni l'autre. Je restais ferme sur ma position, dans mon immobilité. Il a poursuivi :

— L'argent, tu y as pensé… Oui, le fric, c'est pour ça qu'ils s'entre-tuent tous. Tu aurais dû pour ta compagnie… Peut-être que tu croyais l'affaire close avec la mort de Gordon, plus d'obligations, tout ça. Mais il était associé avec Sean, ne l'oublie pas. Et si Sean réapparaissait ?

Muet, mais même en m'observant de dos, il devait sentir qu'il avait touché sa cible. J'attendais la suite.

— Imagine que Sean ne se soit pas noyé et qu'il ait réussi à filer. Réfléchis à sa position maintenant. Il est débarrassé et de Gordon et de ses principaux adversaires. Un jour il va remonter à la surface, c'est le cas de le dire…

Silence, long, très long.

— Rappelle-toi ce que je t'ai raconté sur les Lonegharn, ce couple d'Américains dont la disparition il y a quelques années sur la barrière de corail avait épouvanté toute l'Australie. En fait, quelques semaines après, une autre hypothèse a circulé, les journaux en ont parlé : une disparition volontaire. Imagine cette femme et cet homme laissant repartir le bateau sans eux, et récupérés peu après par des complices. Ensuite, ils fuient sous une fausse identité et la famille finit par toucher une énorme indemnité d'assurance puisqu'ils ont été déclarés morts… On a retrouvé leurs gilets de sauvetage et une bouteille, oui, mais rien de plus personnel. Peut-être qu'aujourd'hui ils vivent riches sous leur nouvelle identité. Je sais bien que cette hypothèse, si elle avait été prouvée, aurait bien arrangé les Australiens. Et finalement, on n'a jamais su la vérité. Peut-être que Sean a fait comme ça. Bien sûr, il ne touchera pas l'assurance, quoique... Mais il y avait autre chose, l'argent de Gordon, en liquide, ici même. Entre un et deux millions de dollars. Comme ses affaires allaient très mal et que Gordon savait qu'il allait sauter, il s'est fait verser par les banques tout son argent, tout ce qu'il pouvait grappiller. Mais les choses n'ont pas tourné comme il le pensait, les autres étaient au courant, Gordon avait peur et puis il est mort... Qu'est-ce que tu crois, c'est pour ça qu'ils se sont entre-tués.

J'étais vraiment naïf. Le mobile : l'argent. Des millions en liquide, tellement simple en effet. Cela ne démolissait pas toutes mes hypothèses, au contraire cela les confirmait pour l'essentiel. Simplement ça changeait la perspective du tout au tout. Et cela laissait en suspens une autre question, une nouvelle menace. Tous morts peut-être, mais l'argent devait bien être quelque part. Parmi les huit qui restaient, qui était au courant ? Victor ne parlait plus. Je voulais lui poser la question, mais je n'y arrivais pas, j'avais l'impression qu'il valait mieux que je me taise encore un peu. Victor l'a formulée pour moi.

— Alors, où est l'argent ?

Muet, mais de surprise cette fois. Et il y avait un écho, la même voix de Victor.

— Alors, dis-le-moi, où est l'argent ?

J'ai fini par me retourner.

Victor était très pâle, ça se voyait encore plus à cause de sa barbe noire, il transpirait. Mais il tenait d'une main ferme un petit revolver automatique noir qu'il braquait sur moi et sa main ne tremblait pas.

Le mobile, putain, le mobile, qu'est-ce que je suis con !

CHAPITRE 22

S'ensuivit un étrange face-à-face. J'étais sûr que l'arme de Victor était chargée, sa menace m'avait saisi, je m'étais immobilisé face à lui, assis cette fois sur le divan. Mais je n'avais pas peur. J'étais même envahi d'un grand calme, j'étais sûr qu'il n'était pas capable de tirer. Ni sur moi, ni sur personne d'autre. Encore une intuition, une des plus dangereuses. Victor pouvait mentir avec sa langue, avec ses yeux, avec son sourire peut-être, mais pas avec tout son corps. Son corps, je le connaissais bien maintenant, et il n'avait jamais transpiré ainsi.

— Où est cet argent ?

— Je n'en sais rien.

— Je ne te crois pas.

— Alors, tire.

C'était la faiblesse de son raisonnement, il avait besoin de moi si j'avais eu le fric. Et pour moi, c'était l'obstacle à la vérité : moins j'en savais, mieux cela valait. S'il me racontait sa version, je n'étais pas sûr qu'il me laisse repartir après.

— Vas-y, tire.

— De toute façon, tu en sais trop. D'une manière ou d'une autre, il vaut mieux que je tire.

— Alors tu ne sauras pas où j'ai caché l'argent.

— Où ?

— Donne-moi ton revolver.

— Dis-moi d'abord où est l'argent, je te jure que je te le donne après et on oublie tout.

Je le sentais très maladroit. Dans sa manière de négocier et aussi dans le maniement des armes. Avec les maladroits, un accident est vite arrivé.

— Pose-le d'abord à côté de toi.

Il y avait une élégance dans cette étrange scène, cet échange de phrases creuses, ce dialogue décalé. Chacun des mots que nous prononcions n'avait aucune signification réelle. Je ne savais pas grand-chose du magot et Victor n'allait pas tirer. Au fond, c'était une parodie de film noir. Nous jouions à nous menacer parce que aucun des deux ne voulait céder une parcelle de son pouvoir. Qui jusqu'alors avait pris le dessus ? J'avais cru à une relation sans enjeu. Mais en cherchant la même chose que moi, la vérité, en fouillant un peu trop dans mes affaires, Victor avait voulu jouer au plus malin. Je devais maintenir notre face-à-face dans les limites de cette élégance même. C'est à cette seule condition que plus tard je pourrais ne pas avoir de regrets de l'avoir rencontré. Mais je devais aussi résoudre un ou deux mystères. J'ai repris l'initiative.

— Paul, tu le connais depuis longtemps ?

— Ça dépend, je veux dire que pendant longtemps je ne l'ai connu que par l'intermédiaire d'Internet. C'est comme ça que nous nous sommes rencontrés et c'est en échangeant que nous sommes devenus amis. Vraiment amis.

— C'est-à-dire ?

— Tout cela aurait pu basculer dans un sens comme dans l'autre au moment où nous nous sommes vus pour la première fois, enfin en arrivant ici il y a maintenant une semaine. Je l'ai trouvé encore plus jeune que je le croyais, son physique, sa blondeur, son rayonnement, cette manière de s'ouvrir aux autres. Presque un ado. Cela m'évitait de tomber dans ses bras, il n'est pas mon type, je m'en doutais déjà. Mais il m'a plu, sa détermination, son entrain, son charme. Il m'a séduit dès le premier regard et nous sommes devenus amis. Sans lui, rien de tout cela n'aurait pu arriver.

— Même le cyclone ?

— Ne te moque pas trop, je te rappelle que c'est moi qui te menace, pas l'inverse.

Il avait raison de le rappeler, pour s'en persuader lui-même. Moi au moins, avec ma quarantaine passée, largement passée, je pouvais être son type et il me l'avait prouvé. Même dans sa voix, la détermination semblait faiblir. Il avait posé sa main menaçante sur le bras du fauteuil, mais le canon de son revolver pointait quand même vers le bas. Je l'ai relancé.

— Alors qu'est-ce qui est arrivé, je veux dire grâce à votre amitié ?

— Je crois que c'est mieux que tu n'en saches rien.

— Toi ou Paul ?

212

— Quelle importance, peut-être ni l'un ni l'autre, juste notre amitié.

— Cesse de parler par énigmes.

— Alors, pose-moi des questions précises.

Ce que, vu mon inconfortable position, je me gardais bien de faire. Moins j'en savais, etc. Dans ses yeux, il y avait maintenant une exaltation que je n'avais jamais remarquée. À cause de Paul, à cause de moi ou à cause de sa prise de pouvoir.

— C'est pour Dal, ton ami ?

— Pas seulement. Paul et moi nous savons bien ce qui se passe dans le milieu gay. Il y a des cons comme ailleurs et des crapules comme ailleurs, ce n'est pas la question. Mais depuis le sida, les données ont changé. Le sexe, la fête ne sont plus des priorités pour les gays.

— C'est ton point de vue, seulement le tien.

— Non, de tous ceux de ma génération. Nous sommes plus réalistes, plus près de la société réelle, je ne dis pas que c'est une qualité. Certains d'entre nous sont parfois hors la loi mais pas comme à votre époque. La solidarité fonctionne toujours, mais elle est moins émotionnelle, moins évidente que pour vous qui avez vu partir beaucoup d'amis. Nous, nous avons commencé avec ça. L'amour et le caoutchouc toujours, on perd le goût de la fête. On a peut-être gagné celui du business.

— C'est plus réglo chez vous ?

— Ça existe vraiment, il y a des entreprises, des emplois, un marché. Avant aussi, mais c'était plus amateur et ça avait moins d'importance.

Aujourd'hui nous existons, nous sommes sortis du placard, nous avons à montrer que nous sommes des partenaires rigoureux et crédibles. Votre monde gay est fini. La fête est finie.

J'ai souri sans lui expliquer que j'avais vraiment plusieurs trains de retard. Je n'avais jamais beaucoup profité de la fête. Les drag-queens me surprennent encore et les Sœurs de la Perpétuelle Indulgence, ces caricatures de nonnes militantes extrême gay, je les ai à peine connues. Et aujourd'hui, je n'ai aucune envie de faire des affaires avec des jeunes cadres aux cheveux très courts qui portent un cockring et un anneau au sein sous leur costume bleu marine de manager. Mais je commençais à comprendre ses motivations et ce que le cynisme de Gordon avait pu déranger chez lui, bien au-delà de la perte de son ami Dal. Chacun joue un rôle, s'identifie à des icônes. Je voyais bien Victor en une sorte de Superman sexué ou de Robin des Gays. Il lui manquait encore de l'assurance.

— Mais alors, l'argent, pourquoi le veux-tu, tu es comme les autres ?

— Je peux le brûler devant toi si tu veux. Paul et moi, nous souhaitons juste le sortir du circuit, c'est tout, tu peux me le donner. Je crois assez bien te connaître pour penser que tu n'en veux pas, toi non plus. Mais pas question de le remettre à une compagnie d'assurances ou à la police.

— La solidarité gay, c'est ça ? À moins que ce ne soit la loi du milieu, une nouvelle loi du silence, tout le monde en rond, en se tenant par la main et en se grattant la paume pour se reconnaître.

Il a souri.

— On n'a pas besoin de ça. *Je* n'ai pas besoin de ça pour te connaître, Ashe.

— Je n'ai pas cet argent.

— Là, je ne te crois plus.

— Alors tire, mais redresse ton revolver avant parce que tu ne vas réussir qu'à trouer la moquette.

Il s'est relevé aussitôt, mais cette fois il n'a pas souri.

Pendant que nous parlions, l'espace derrière nous s'était subtilement modifié, nous pouvions l'un et l'autre l'observer du coin de l'œil. Des silhouettes étaient entrées dans le cadre, dans le gris général, dans la ouate du décor. Elles bougeaient tout au fond, elles avaient amené en bordure du rivage un canot gonflable, une sorte de Zodiac à ce que je pouvais voir de loin. De loin, je pouvais voir aussi que, parmi les silhouettes, il y avait celle de Paul.

— Qu'est-ce que vous avez fait avec Paul quand vous avez pris le 4 × 4 ?

— Tentative de fuite, nous nous sommes crus très malins, mais c'était impossible.

— Et vous n'avez tout de même pas passé toute la nuit dans la voiture…

— Si, nous voulions leur faire peur, qu'ils sachent que nous allions dénoncer leur trafic. Nous voulions que tout s'accélère.

— Et la police, vous l'avez prévenue ?

— Tu l'as cru ?

— *So, so*, je ne savais pas trop, non pas trop en fait.

— Bien sûr que non, tu as raison. C'était impossible d'aller par la route jusqu'au Mirage. La route était coupée tous les trente mètres par des troncs d'arbre impossibles à déplacer.

— Et vous êtes restés dehors, vous êtes complètement fous.

— Après le virage, presque en haut de la côte, la route tourne brusquement. Derrière cette falaise, c'était un peu plus calme et nous sommes restés une bonne partie de la nuit derrière. Nous étions sûrs de pouvoir revenir car entre cette falaise et l'hôtel il n'y a que des buissons, ils ont déboisé pour construire le resort. Nous sommes revenus juste avant l'aube.

— Avec un serpent dans le coffre ?

— Qu'est-ce que tu insinues ? Mais non. Ni Paul, ni moi, ni personne ici n'est capable de prendre dans ses mains un brown-tiger. Il faut être un vrai Australien du Bush. D'ailleurs, Ken était déjà mort quand nous sommes rentrés.

Il avait l'air moins sûr de lui. J'espérais bien qu'il mentait sur l'heure de leur retour. Je n'aurais pas aimé qu'il m'ait vu en train d'observer Gordon ce matin-là. J'étais derrière ma fenêtre à moitié caché par un rideau, mais ils auraient pu me voir. Mais je crois qu'ils étaient revenus plus tard. Victor et le mensonge, j'avais compris depuis quelques heures que cela aurait pu faire tout un chapitre. Depuis le début, il mentait aussi avec

216

son revolver qui piquait de nouveau du nez. J'ai pensé que le moment était propice, j'ai bondi sur lui.

Là, il m'a vraiment surpris. Il a sauté en arrière encore plus vite. Déterminé ou pas, il s'était bien préparé à ma réaction. Il a foncé vers la porte-fenêtre et j'ai dû m'immobiliser à côté de lui. Il y eut un dernier face-à-face très court, lui en contre-jour, et j'avais du mal à voir ses yeux. Mais toujours son élégance un peu pataude qui était juste une apparence car il avait réagi comme un félin. Son corps à contre-jour.

On dit que, avant de mourir, on revoit sa vie en accéléré. Je n'ai revu que des images de ces trois jours. En accéléré. La première fois où nous nous sommes embrassés dans le Jacuzzi, sa barbe sur une chemise claire au bar, ses fesses bronzées dans le lit, l'étrange gémissement apaisé chaque fois que je l'avais pris, ses rides du front qui disparaissaient quand il s'endormait. Et pour moi, un certain bonheur, sincère, croix de bois, croix de fer.

J'ai plongé derrière le lit.

Victor a tiré, je ne m'y attendais pas. Le bruit m'a semblé étouffé comme si en deux jours l'hôtel était devenu sourd à force d'entendre craquer les arbres.

SIXIÈME PARTIE

RÉCIT DE PAUL

CHAPITRE 23

Le rivage s'éloigne et c'est la dernière étape de cette étrange aventure qui m'a changé du tout au tout.

Le rivage s'éloigne du Zodiac que je conduis à petite vitesse. Ce n'est pas le moment d'avoir l'air de fuir puisque c'est justement ce que nous faisons. Je ne sais pas si les autres s'en sont aperçus, mais, avec Victor, nous essayons depuis quarante-huit heures. Ce n'est pas si facile. Cette fois je leur ai dit que, sur la mer calmée, nous pouvions tenter un aller-retour au Mirage, que nous allions voir où en étaient les secours. Je sais bien que c'est un peu lâche de les avoir laissés en plan, mais je ne me fais pas de souci, ils vont s'en sortir, ils vont être secourus encore plus vite qu'ils ne le pensent. Les hélicos doivent maintenant faire le tour des hôtels isolés et ce sont eux que nous voulons éviter. Après tout ce qui s'est passé et les questions qui vont être posées, il est inutile qu'ils nous trouvent là. Comment leur expliquer, comment expliquer aux autres aussi, ceux qui restent, que Victor et Paul, ce ne sont pas nos vrais noms ? Ils pourraient croire que nous sommes pour quelque chose dans toutes ces disparitions.

La seule chose qu'on pourrait nous reprocher, c'est d'avoir été là : *the wrong man at the wrong place.* Parodions, parodions, il en restera toujours quelque chose. Avoir été là, notre présence au moment des drames, nous ne pouvons pas la nier. Et le hasard n'y est pour rien.

À ce moment-là, Victor a pris quelque chose dans son sac et l'a balancé par-dessus bord. Une petite chose noire qui a tapé sèchement sur la mer et qui a disparu dans une éclaboussure. J'ai crié :

— Qu'est-ce que tu fais, c'était quoi ?

— Le revolver.

— Un revolver, d'où le sors-tu ?

— Celui de Jan, il ne servait plus et il valait mieux que personne ne le trouve.

— Mais pour quoi faire ?

— Pour tirer sur Ashe par exemple, c'est justement ce que je viens de faire.

— Tu n'as pas...

— Si, j'ai. Et alors, au point où en sont les choses, ça n'avait plus d'importance.

— Tu es cinglé.

Ça, je l'ai su depuis le début, mais cette fois j'étais stupéfait. Croconest venait de disparaître dans notre sillage, derrière la haute falaise, celle-là même qui, à mi-côte, sur la route, nous avait servi d'abri pendant le cyclone et notre nuit dehors, notre nuit de fin du monde. Vraiment le ciel nous tombait sur la tête, les feuilles et les branches volaient, les arbres se tordaient ou se déchiraient dans d'épouvantables craquements. Une idée à lui encore, une belle idée. Au retour, Ken agonisait et Gordon allait y passer lui aussi. Mais j'ai bien cru cette nuit-là que notre tour était venu. J'espère que nous arriverons à nous en sortir encore une fois.

Victor exagère, il exagère toujours et je n'ai pas insisté pour savoir ce qui s'était réellement passé avec Ashe, il me le dira en temps utile.

— Où l'as-tu trouvé, ce revolver ?

— Dans la poche du Suédois, sous l'arbre, ça n'avait l'air d'intéresser personne. C'est marrant d'ailleurs qu'aucun d'eux ne se soit servi d'une arme à feu.

— Ils ne voulaient laisser aucune trace.

— Comme nous sans doute.

Sauf si cet idiot a abattu Ashe, il en est bien capable. Je le lui ai dit et il a répondu sans se formaliser :

— Je n'en sais rien, je n'ai pas regardé, j'ai tiré une fois, c'est tout.

Il peut raconter n'importe quoi. Il faut vraiment faire la part des choses dans ce qu'il dit, non pas qu'il mente mais il invente un peu. Il vit sa vie avec plus de poésie que la plupart d'entre nous. C'est ce qui lui donne l'air un peu absent et même un peu lourdaud alors qu'il cache une grande détermination. Et ça c'est difficile à deviner.

Le vent ne soulevait plus qu'un médiocre clapot. Personne n'aurait pu dire que la mer s'était déchaînée la veille et l'avant-veille, qu'elle avait été battue par des claques furieuses. Hormis les coulées jaunâtres que laissaient près du rivage les torrents que la montagne crachait encore. Je les contournais en suivant tout de même la côte d'assez près. Si un hélicoptère surgissait, il fallait pouvoir nous cacher aussitôt. Nous scrutions le ciel avec la plus grande attention. Victor avait même trouvé des jumelles. Mais aucun point noir vrombissant n'apparaissait dans cette immensité laiteuse.

Victor exagère toujours. Il prétend que nous nous connaissons depuis plus d'un an, je n'en crois rien. Nous avons fréquenté les mêmes forums sur Internet, mais nous ne nous sommes connus qu'il y a deux mois à peine. En tout cas, en dialoguant d'une manière plus personnelle. C'est une chose étrange les « chats », on ne peut pas savoir si celui qui parle invente ou pas, romance ou non. C'est ce qui m'a intrigué chez Victor, ses histoires extravagantes. Dans la vraie vie, il est aussi difficile de savoir s'il bluffe ou non.

Il m'a vite parlé du *Steam-Steam* et de ce qui s'y était passé. J'étais au courant de l'affaire par d'autres amis. Il m'a aussi parlé de leurs trafics, de Gordon, du business qu'il semblait bien connaître. J'avais depuis longtemps envie d'aller faire un tour à Croconest. Pour les gays américains qui vont à Sydney pour le « Mardi gras », Croconest c'est un must, comme Castro Street à San Francisco ou Taylor Square à Sydney. Je connaissais tous ces noms avant de venir en Australie. Il y a ainsi quelques temples tout autour de la planète pour gays friqués ou non. Croconest coûte assez cher et, cette fois, ça nous a coûté encore beaucoup plus à tous les deux.

C'est Victor qui a choisi la date. Il n'avait rien dit de son physique, ni moi du mien. La surprise. Cela aussi fait partie du jeu sur Internet. Mais les choses ont été claires tout de suite dans cette fausse rencontre amoureuse. J'aurais pu, lui pas, question de peau. Ou d'âge. Je n'ai pas insisté, il m'intriguait trop pour commettre un faux pas.

D'une certaine manière, il m'a manipulé pour parvenir à ses fins. La date, le moment, il a un peu enjolivé l'affaire. Il voulait observer, juste observer, et c'est d'ailleurs ce que nous avons fait. Mais même en observant, on peut faire bouger les choses, la preuve.

Ce que je sais maintenant de toute cette histoire ne pourra jamais être confirmé. Ma vérité sur Croconest et les ravages provoqués par un cyclone et quelques crocodiles n'est qu'une partie de la vérité. En recoupant ce que je sais, ce qu'a appris Victor et ce que savait Ashe — que Victor a dû aussi manipuler avec plus de tendresse —, nous ne connaîtrons jamais tout. Il nous manque la véritable nature des relations entre tous ces personnages. Sean et Gordon, Gordon et Ken. Michael peut-être et l'Italien et le Suédois, Claudio et Jan. Mais personne ne pourra jamais faire plus que des suppositions, de belles propositions. Les flics eux-mêmes ne sauront pas tout cela, nous aurons disparu sous d'autres identités, les vraies. Seul Ashe pourrait sans doute reconstituer l'essentiel comme nous. À moins que Victor ne l'ait vraiment descendu. Je lui ai demandé :

— Ashe t'a parlé de Michael ?

— Un peu, il se pose des questions à son sujet.

— Qu'est-ce que tu en penses ?

— Il se trompe, tu le sais bien. Michael n'y est pour rien dans tout ce qui s'est passé. Il n'a jamais été qu'un employé de l'hôtel et il gardait ses distances. Tu m'as bien dit que quand Sean est resté au reef, il n'en a rien su.

— Quand Sean a eu ses problèmes sous l'eau, j'étais seul avec lui, je te l'ai dit, tu peux me croire. Michael était déjà rentré de la plongée et j'ai fait pareil dès que j'ai compris ce qui arrivait. Au retour, c'est même Michael qui m'a dit que Sean dormait dans une cabine.

— Oui, mais...

— C'est là où on n'est pas très sûr s'il mentait ou non. Je crois qu'il ne savait pas, c'est tout.

— C'est la part d'incertitude.

— Il y en a d'autres.

Victor n'a rien répondu, il s'est contenté de sourire et de reprendre ses observations à la jumelle. C'était assez angoissant, cette balade le long de la côte dévastée. Partout il y avait des cocotiers ou d'autres arbres couchés. Les plages étaient ravinées par les coulées de boue et les animaux, que d'ailleurs on ne voit jamais hormis les oiseaux, semblaient s'être définitivement enfuis. Ils devaient attendre, avant de reprendre leur place, d'être sûrs que le ciel ne leur tombe plus sur la tête.

226

Rien n'indiquait la proximité de Port Douglas. Il n'y avait personne, tout au long de la piste côtière entravée de troncs. Je me demande encore comment a pu naître cette idée de construire un hôtel là. Gordon et ses associés avaient-ils déjà dans la tête leurs manigances lorsqu'ils se sont lancés dans une telle entreprise ? Sous quelle végétation voulaient-ils enfouir le produit de leurs trafics ?

Victor reste un mystère. Malgré l'amitié qui nous lie désormais, malgré tout ce que nous nous sommes raconté ces derniers jours au fur et à mesure de nos découvertes, je ne le connais pas mieux que le jour de notre première rencontre à l'aéroport de Cairns. Par le web, je ne savais rien de lui, hormis quelques chimères. Plonger au cœur de la mêlée, observer les monstres, les voir vivre. C'est cela qui m'a attiré aussi puissamment qu'un nid de serpents. Comme ce nid de brown-tigers que j'avais trouvé en me promenant le long du torrent — j'avais été pétrifié pendant quelques secondes — et que j'avais fini par montrer à Gordon, ce fameux jour où la pluie s'est abattue comme un déluge.

Jusqu'à ce que j'arrive dans cet hôtel de luxe, je croyais que ce que m'avait raconté Victor ne tenait pas debout. Après, j'ai compris qu'il n'avait pas exagéré tant que ça. Mais au-delà de l'amitié qui s'est nouée entre nous, à cause peut-être de cette sensualité qu'il dégage, j'ai l'impression que sa véritable personnalité s'est encore obscurcie. Pour moi.

Dans peu de temps, nous allons nous séparer et je pourrai même penser que j'ai rêvé. Victor s'effacera, je connais à peine son vrai nom, et il me parlera peut-être encore par le biais d'Internet. Alors je retrouverai son pseudo, « Fluffy Fox », celui qu'il a employé depuis le début avec moi. Je parierais volontiers d'ailleurs qu'il en inventera un autre d'ici là. Entre-temps, Victor aura bel et bien disparu à jamais.

CHAPITRE 24

Je ne sais pas ce que Victor voulait faire au début, peut-être donner un bon coup de pied dans la fourmilière, pas plus. Je ne crois pas qu'il avait un plan précis en arrivant ici. Il voulait les regarder agir et seul, il ne se sentait pas le courage de le faire, d'où ses explications, ses chimères sur le web. Il a su m'intriguer, m'inciter à venir. Si je lui demandais maintenant, il s'en tirerait par une boutade ou une remarque hors de propos. Avec cet humour destroy que les autres, à part Ashe, ne connaissent sans doute pas. Ils ne voient que son physique d'athlète indolent et le sourire derrière la barbe soignée. Et sa timidité. Elle l'aurait sans doute gêné si je n'avais pas été là. Je faisais les relations publiques et lui, par son mystère, les fascinait tous et les inquiétait. C'est là-dessus qu'il comptait. Il n'avait pas lâché ses jumelles depuis dix minutes, il faisait sa surveillance avec beaucoup d'attention et de sérieux. Il est ainsi dans tout ce qu'il entreprend. Je voulais le titiller encore un peu.

— Tu crois vraiment, Victor, qu'ils s'apprêtaient à s'entre-tuer quand nous avons débarqué ?

— C'est drôle que tu penses tout le temps à ça. Comme si cela avait de l'importance, comme si tu ne me faisais pas confiance. Je crois que les conditions étaient réunies.

— Ils s'étaient sûrement déjà disputés.

— Pas en public, personne ne nous en a parlé. Et souviens-toi la gêne quand Ken et Gordon se sont battus.

— Mais le grand chamboulement avait déjà commencé.

— Il démarrait juste, c'était le jour où Sean s'est noyé.

Le sillage du Zodiac avec son petit moteur s'imprime à peine dans l'infinie mouvance grise de la mer. En l'observant, je revois le sillage bouillonnant du gros cabin-cruiser qui m'avait emmené à la barrière de corail avec d'autres mecs, pour la plupart envolés avant le drame. Et aussi avec les deux lesbiennes qui sont restées dans leur coin toute la journée. Victor était resté à Croconest, Sean en revanche était parmi nous. J'étais sans doute le seul à savoir qui il était vraiment. L'ami et l'associé de Gordon, mais aussi son mauvais génie. Sean était un sale type. Rien ne l'a jamais arrêté, aucune escroquerie, aucune amitié, aucune parole donnée, aucune solidarité. Le milieu gay, il en profitait. Alors à l'aller, je l'observais discrètement et, l'air de rien, il voyait tout lui aussi. Personne ne savait non plus qu'il était l'un des patrons. Un physique assez anodin, mais très acceptable. Je suppose que, en d'autres circonstances, beaucoup d'entre nous n'auraient eu aucun mal à baiser avec lui. Plutôt grand et svelte, une allure sportive, des cheveux châtains moins courts que tous les autres et un visage passe-partout avec une barbe de trois jours. Il aimait le sport, il était venu pour plonger et ce n'était pas la première fois. Le cabin-cruiser appartient à une compagnie privée, l'équipage change de temps en temps, ils ignoraient tout de Sean, ils n'avaient même pas dû le remarquer. À l'aller il était dans le décor, au retour il n'y était plus, c'est tout. C'est ce qui a dû se passer aussi pour les Lonegharn, ce couple d'Américains qui ne parlait à personne et qui avait été « oublié » sur le reef.

Sean a plongé sans demander de conseils à personne. Il était confirmé, il avait du matériel à lui. Il savait faire, ça se voyait tout de suite. Ceux qui plongeaient comme lui et moi sont partis parmi les premiers. J'avais déjà vu d'autres fonds sous-marins, mais là j'étais estomaqué par le récif, la vivacité des couleurs, les milliers de poissons. J'ai failli me laisser distraire, mais je tenais absolument à ne pas perdre Sean des yeux.

Il était là encore au pique-nique, sobre, dans son coin, prenant bien garde de ne parler à personne. Je crois qu'il n'aimait personne et il ne s'en cachait pas.

L'après-midi, il a replongé, d'autres aussi, dont l'une des lesbiennes. Les autres se contentaient de nager au-dessus des coraux avec un masque et un tuba. Et puis une sorte d'ivresse avec le soleil un peu plus bas sur l'horizon, d'autres reflets, tout un monde inattendu qui devenait comme le paysage intérieur de notre émerveillement et qui leur a fait oublier la réalité.

Pas à moi, je l'avais au coin de l'œil, toujours. Tout au bout du récif, c'est là qu'il a commencé à avoir un problème, son tuyau s'est pris dans un corail ou quelque chose comme ça. Il s'est bagarré avec son matériel. Et j'ai décidé de remonter aussitôt, de ne rien dire aux autres et de tout oublier. J'avais vu les couleurs et c'est tout. Sean n'est pas remonté.

Le bateau a levé l'ancre après que l'équipage eut été occupé par un coup de vent soudain, comme un avertissement. Et quand j'ai regardé le sillage, pendant que nous nous éloignions du récif à petite vitesse avec encore des éclats de couleurs dans les yeux, je me demandais tout le temps si la tête affolée de Sean n'allait pas soudain réapparaître dans l'écume. Si, au tout dernier moment, il n'avait pas réussi à se dégager. Qu'aurais-je fait alors ? Aurais-je eu le courage de ne rien dire, de ne pas faire stopper le bateau ? Voilà le genre de questions qu'il est bien inutile de se poser a posteriori. D'ailleurs je n'ai vu aucune tête humaine émerger de la mer, je le jure.

C'est à ce moment-là que tout a basculé. Victor ne le savait pas encore et personne n'aurait pu le prévoir. Sean disparu, c'était tout l'édifice qui vacillait. Comme un château de cartes car Sean était un des piliers de leur montage. Argent sale, drogue, comptes dans des paradis fiscaux, Croconest servait aussi à blanchir des dollars gagnés d'une manière frauduleuse. Personne ici ne venait vérifier de près les comptes. Personne ne comptait jamais le nombre de visiteurs et ce que chacun consommait. Cela permettait à Gordon et à Sean de recycler leurs dollars australiens illégaux dans le circuit économique ordinaire. Victor estimait que c'était de l'argent volé, volé à la communauté. D'ailleurs quand il a su que Gordon avait apporté avec lui une valise bourrée de grosses coupures, qu'il avait pris les devants avant d'être en faillite, Victor a voulu récupérer l'argent, mais je ne crois pas qu'il l'aurait gardé. Il m'avait montré les mouvements bancaires, il avait réussi à avoir accès aux comptes, je ne sais comment. Il travaille aussi dans ce domaine-là, les actions, la Bourse en ligne. Il a des copains, il sait profiter des indiscrétions. Il connaît tout un tas de gays, golden boys à la corbeille. Ils sont un peu monomaniaques, mais ils possèdent leur domaine à fond, les jeux d'écriture, le marché quotidien, les ventes massives, les prévisions aléatoires. Ils font du fric, ils l'affichent plus pour acquérir un statut social que pour amasser. Victor m'a dit que s'il récupérait le fric, il brûlerait tout, je l'en ai cru capable. Il en aurait plus joui ainsi. C'est comme le statut social, c'est un challenge. Ils font ça pour se prouver qu'on peut être gay sans être marginal. Cette génération, notre génération, a d'étranges désirs de normalité même pour ceux à qui l'originalité donne une vraie richesse, comme Victor. Mais ils veulent se mesurer aux meilleurs et se fondre dans la foule.

J'ai passé ce stade.

Je les ai observés pendant quelques années à Atlanta, ma ville. C'est une ville conservatrice et puritaine, d'ailleurs je la quitte, je la fuis pour ça. J'ai tout laissé, moi aussi, j'ai assuré mes arrières et je vais recommencer à Los Angeles. Je ne veux plus vivre en schizophrène, je veux pouvoir sortir normalement du placard. À Atlanta, c'était impossible. J'ai pas mal appris en Australie, c'est aussi pour ça que j'y suis venu, mais je ne savais pas que, en trois jours, je ferais le tour complet de tous ceux qui tirent les ficelles du monde gay. J'ai eu un véritable dégoût pour toute cette clique quand Victor m'a apporté les preuves de leurs trafics. Laisser Sean à ses difficultés de plongée sous-marine, le laisser mariner, c'était cela.

Simplement, nous ne nous doutions pas que Sean était le détonateur d'une réaction en chaîne extrêmement rapide. Qu'en bougeant — ou plutôt en laissant bouger d'une manière fatale il est vrai — l'une des pièces majeures de l'échiquier, toutes les pièces noires allaient tomber l'une après l'autre, allaient se détruire avec autant de cynisme. En laissant les pièces blanches interloquées. C'est ainsi que je vois toute l'affaire. Une partie d'échecs même pas engagée. Et puis une première manœuvre très maladroite avec l'accident de Sean, et puis un cyclone qui rend soudain la partie plus âpre. Victor et moi ? Nous étions peut-être les fous de ce jeu d'échecs, plutôt les arbitres. Nous avons sifflé le coup d'envoi, j'ai laissé

Sean se noyer et les autres ont fait eux-mêmes le travail.

— Et le magot de Gordon ?

Victor a réfléchi, il a posé ses jumelles sur le banc de bois du Zodiac, il a remis ses lunettes de soleil et il s'est tourné vers moi avec cet air interrogateur que certains prennent pour de la distraction et qui n'est qu'une manière subtile de voyager entre la réalité et la fiction.

— Chou blanc. Il n'y en avait peut-être pas du tout, mes infos étaient sans doute fausses, d'ailleurs nous n'avons jamais vu cette valise, alors... mais peu importe.

Disait-il la vérité ? Aujourd'hui encore je me pose des questions sur lui, sur sa sincérité. Pourtant, tout au long de notre séjour, il m'a semblé loyal. J'ai du mal à m'y retrouver quand il bascule dans ses fantasmes de chevalier blanc. C'est ce qui m'a attiré, c'est aussi ce qui me fait garder mes distances. C'est pourquoi nos chemins vont se séparer dans quelques heures. J'ai demandé :

— Et Ashe, il savait ?

— Non, enfin c'est ce qu'il m'a dit, il ne soupçonnait pas la présence du fric.

— Et tu le crois ?

— Finalement oui, même si cela paraît étonnant de la part d'un mec dont c'est le boulot de protéger des montagnes de dollars d'indemnités d'assurance.

— Tu es sévère.

— Je l'aime beaucoup, mais c'est la réalité.

Après, Gordon s'est affolé et nous n'avons eu qu'à laisser faire. À un moment ou à un autre, nous avons peut-être donné un coup de pouce, au moins en leur faisant peur.

Croconest a définitivement disparu de nos yeux puisque nous venons de passer un cap sur la côte. Disparu de nos yeux et peut-être à jamais. Victor est toujours aussi attentif, posé, sur ses gardes. Maintenant je le sais, c'est un fauve qui sommeille. Il paraît calme, presque endormi, et puis il peut avoir des réactions de félin, il en a eu.

La disparition de Sean les a tous rendus fous et Croconest disparaîtra sans doute un jour à cause de leur folie. Déjà les bâtiments ont souffert, la plage est ravinée et les arbres sont arrachés. Le temps de remettre l'électricité, la nature aura tout englouti. Personne ne le regrettera, à part quelques gays américains alléchés par une pub trompeuse qui traînera encore dans des publications pour garçons.

Gordon s'est affolé. Il s'est disputé avec Ken et ce n'était que les prémices du grand règlement de comptes. Il a exigé que Ken se débarrasse en premier de cet Italien qui risquait d'être un témoin bien gênant. Le seul tort de Claudio, qui n'était là sans doute que pour faire de petites affaires, a été de passer là au mauvais moment. Pas d'étranger mêlé aux affaires de famille. Avant même de savoir ce que voulait Claudio, Ken l'a poussé dans l'eau. Ken savait très bien que les méduses sont plus nombreuses au bout de la plage, juste avant le mur de rochers en surplomb. Se sont-ils battus ? Personne ne pourra plus jamais le dire, mais Ashe savait que Ken était avec l'Italien juste avant sa mort. Il avait, paraît-il, l'air effrayé en revenant. À ce moment-là, Ken croyait aussi qu'il venait peut-être de sauver sa peau.

À un jour près. Ken savait beaucoup trop de choses.

Je m'étais promené le long de la creek en remontant son cours dans la montagne juste avant que la pluie torrentielle ne nous enferme dans le resort pour ces quarante-huit heures de terreur. J'avais emmené Gordon et aussi Claudio cet après-midi-là. Gordon m'avait expliqué son enfance non loin de là, dans l'intérieur des terres en bordure de la jungle. Je savais que si un seul d'entre nous n'avait pas peur des serpents, c'était lui. Alors je lui ai montré le nid de brown-tigers que j'avais découvert. Je ne sais pas trop comment il a fait pour y aller, mais il s'y est rendu à l'aube qui a précédé la mort de Ken. De loin, blottis dans la voiture, nous avons suivi vers cinq heures le cheminement de sa lampe-tempête. Même si les reptiles étaient pétrifiés par le déchaînement de la nature, il fallait un sacré culot pour faire cela. Il avait un sac avec lui et la présence de ce sac ouvert et vide nous avait intrigués, Victor et moi, quand nous avons découvert le corps de Ken. Après, nous avons fait le lien.

L'aventure est presque terminée. Toujours pas âme qui vive, même si Victor me dit que nous devrons nous méfier de plus en plus en approchant de Port Douglas. Dans moins d'une heure, nous accosterons avant la station balnéaire. Ensuite nous marcherons et nous nous fondrons dans la foule. Avec la désorganisation provoquée par le cyclone, nous passerons inaperçus. Ensuite, il sera très facile de retourner à Sydney sous nos véritables identités. Et là, nos chemins se sépareront. Victor ira à Melbourne ou ailleurs, je ne veux pas le savoir, je partirai le plus vite possible pour Los Angeles. Je suis arrivé en Australie il y a plus d'un mois, je vais en repartir et personne ne sait ce que j'ai fait pendant tout ce temps, surtout la dernière semaine. J'ai pris soin de brouiller les pistes et à Croconest, personne ne nous a demandé nos passeports. Et personne, à part Ashe, ne saura jamais rien de ce qui s'y est passé.

La mort de Ken nous a fait un peu peur. C'est à Sean et Gordon que nous en voulions. Claudio, cela pouvait encore passer pour un accident, pas pour le géant gérant gênant. Avec sa carrure de déménageur, il fallait bien un brown-tiger pour l'abattre. Il a dû souffrir beaucoup dans les derniers moments.

C'est ce matin-là que s'est révélée la vraie nature de Victor. Quand nous avons passé les cadavres sur le pont, Victor s'est installé à côté de Gordon, moi j'étais à l'autre bout. Coïncidence ? Au deuxième passage, nous étions tous un peu maladroits, même si Gordon marchait comme un zombie. Mais il a fait sa part de boulot et, malgré ses soixante ans passés, il était encore capable de produire un réel effort. À son âge, on perd tout de même de la vivacité, du souffle. Quelque chose s'est passé et l'accident a eu lieu. Gordon et le cadavre de son gérant sont partis à l'eau. Il n'avait aucune chance de s'en sortir, le débit du torrent était alors à son maximum. Si le niveau de l'eau avait continué à monter, Ellis le sourd-muet nous aurait empêchés d'aller enterrer les deux corps. Avons-nous été trop présomptueux ?

Quelque chose s'est passé qui a un rapport direct avec la perte d'équilibre de tout le groupe. Peut-être Gordon était-il plus vulnérable que les autres parce qu'il avait plus à y perdre. Peut-être, peut-être pas.

Victor était à côté de lui sur les troncs d'arbre qui servaient de tablier au pont et il est resté là prostré bien après l'attaque du crocodile et bien après que tous les autres eurent regagné la rive. J'ai même dû aller le chercher. À l'oreille, je lui ai dit :

— Gordon est parti, c'est fini.

— Oui, ça y est, c'est fait.

Nous n'en avons plus jamais reparlé depuis et toute l'affaire se serait terminée là sans la curiosité de Jan. C'est la partie la plus douloureuse de cette histoire, mais c'est de sa faute, au Suédois. Dans la journée, il nous avait déjà pris à part. Il paraissait un peu confus, mais comme il n'était pas là au moment de la traversée de la rivière, il voulait savoir ce qui s'était passé. Victor lui a dit assez sèchement :

— Ça suffit maintenant, on ne va pas revenir indéfiniment sur cette histoire.

Il nous a regardés avec des yeux mauvais et il a tourné les talons. Seulement le soir, au milieu de la nuit même, il a frappé à ma porte. Là, il a été beaucoup plus direct. Il avait compris beaucoup de choses, il nous attribuait même la mort de Ken, nous lui faisions peur. J'ai tout nié en bloc, j'étais sincère. Cela me révoltait qu'il pense que nous pouvions les égaler en saloperies. Il m'a dit qu'il savait que l'un de nous deux avait poussé Gordon. J'ai voulu le mettre à la porte, mais il est devenu menaçant et il a sorti son petit revolver noir qu'il a braqué sur moi. C'était la première fois de ma vie que ça m'arrivait, j'étais plus interloqué qu'effrayé. J'ai commencé à parlementer, à lui jurer ma bonne foi, mais cela ne calmait en rien sa colère.

Victor est arrivé comme il le fait souvent, à pas de félin. Heureusement, il a tout vu par la fenêtre. Il s'est jeté sur Jan avec un oreiller dans les mains comme s'il voulait l'étouffer. Jan s'est débattu et ils ont roulé par terre. J'ai aidé Victor et nous en sommes venus à bout grâce à un bon coup de chaise sur la tête. À travers l'oreiller, pour seulement l'étourdir.

Encore fallait-il être capable de se débarrasser du bonhomme pendant qu'il était évanoui. L'un après l'autre, nous avons vérifié, il vivait bien quand nous avons commencé à le transporter.

Dans la nuit, Victor a été saisi d'une idée incongrue. Il a pensé que pour le balancer dans la nature, on pouvait l'attacher avec la corde qui traînait sur la terrasse, passer la corde autour d'un arbre, plus loin à quelques mètres, et le faire riper ainsi.

C'était une idée idiote et peu discrète, mais j'avais eu trop peur juste avant pour trouver la force de m'y opposer. Je me disais que Jan reprendrait ses esprits bien assez tôt dans l'humus de la jungle, j'ai cédé.

Au moment où le corps passait par-dessus les buissons et les arbustes flétris devant le bungalow, la porte de Bjorn s'est ouverte, projetant une lumière blafarde sur le corps du grand Suédois. Bjorn s'est évanoui, et, pour couronner le tout, l'arbre qui nous servait de palan a fini par céder sous le poids de Jan et les assauts de la tempête qui l'avaient fragilisé. Jan a été écrasé à ce moment-là.

Nous avons fait disparaître la corde et nous nous sommes occupés de Bjorn. Il affirmait toujours que son compagnon s'était pendu quand nous avons quitté l'hôtel, mais il ne le dira à personne d'autre. Je me suis employé à lui faire comprendre la nature de son hallucination puisque Jan n'avait aucune trace de corde autour du cou. Dans la journée qui a suivi, nous nous sommes assurés que personne d'autre n'avait vu la scène.

Ils n'avaient aucun soupçon.

Quand nous avons parlé de partir chercher les secours par la mer, ils ont tenté de nous faire renoncer. Nous leur avons dit que l'un ou l'autre d'entre nous devait bien finir par prendre les devants. Ils étaient trop bouleversés ou trop assommés pour réagir et nous en empêcher.

Il ne reste plus qu'à bifurquer vers la côte, les maisons de Port Douglas sont visibles. Victor me fait signe qu'il est temps. Victor et Paul, il n'en restera plus aucune trace dans quelques instants. Je me demande simplement si Victor a vraiment tiré sur Ashe. Je n'ose imaginer qu'il l'ait tué.

ÉPILOGUE

RÉCIT D'ASHE

CHAPITRE 25

Tout est maintenant terminé, la police a achevé son enquête. J'ai été interrogé longtemps, des heures même. Ils vont conclure à une série d'accidents et les morts de Croconest s'ajouteront au lourd bilan des victimes du cyclone Jay. C'est comme cela qu'ils l'avaient appelé bien avant qu'il n'arrive sur nous. Il a été l'un des plus meurtriers dans cette région depuis le début du siècle, une vingtaine de morts et de nombreux disparus comme Victor et Paul.

Des plantations de canne à sucre dévastées, des hôtels à moitié détruits, des toits arrachés, des quartiers de Cairns inondés. Malgré les précautions qu'ils prennent à bâtir les maisons sur pilotis, certaines villas sont ravagées. Par Jay. *Jay* comme *gay*, c'est drôle, *isn't it ?*

Les autres aussi ont été interrogés par la police, mais moins longtemps. Bien que les hélicoptères nous aient secourus très peu de temps après le départ des deux jeunes, ils étaient très traumatisés, plus encore par l'attente après le désastre. Les enquêteurs leur ont demandé le minimum pour ne pas ajouter au choc nerveux de ces rescapés parmi des milliers d'autres. Et parce que les policiers sont eux aussi débordés. Ils redoutent que le bilan ne s'alourdisse encore.

Les autres, François et Max, Ellis et Thomas son compagnon, et Michael ou même Bjorn, ont tous raconté les accidents tels qu'ils les avaient vécus. J'avais vérifié avant l'arrivée des secours qu'ils allaient s'en tenir là. La plupart n'avaient aucun doute, à part François et Bjorn. François, intelligent et intuitif, avait saisi que quelque chose de louche s'était passé. Mais il n'avait aucune sympathie pour les victimes. Sauf Claudio dont il avait lui-même découvert le corps piqué par les méduses tueuses. L'enquête n'a rien découvert d'autre que les traces sur sa peau. Bjorn est encore mal remis du choc. Il est déjà parti à Stockholm retrouver quelques repères et le père Elvström. Il est resté muet quand ils l'ont interrogé. Ils lui avaient donné des tranquillisants.

Les enquêteurs nous ont dit que nous avions été très imprudents, qu'aucun de nous n'aurait dû sortir des bâtiments. Que Gordon, Ken et Jan n'avaient pas à se promener dehors. Je crois qu'ils ont su très vite de qui il s'agissait et ils avaient d'autres chats à fouetter.

Ils ont été beaucoup plus sévères envers nous tous à propos de Victor et de Paul. Nous n'aurions jamais dû, paraît-il, les laisser partir, une vraie folie. Comme si nous avions eu le choix. Les policiers ont réussi à culpabiliser tous les autres qui maintenant s'en veulent et ne pensent qu'à ça. Ils les aimaient beaucoup, Victor et Paul. En trois jours, la plupart étaient tombés sous le charme du vibrionnant Américain et de mon mystérieux barbu de Melbourne. Leur canot a été découvert retourné non loin de Port Douglas. Les enquêteurs pensent qu'ils ont chaviré et qu'ils n'avaient aucune chance d'en réchapper. Attirés par les victuailles arrachées aux maisons par les inondations, les requins et les crocodiles rôdent par bancs entiers autour de Port Douglas. On a même vu des familles d'alligators traverser le golf de l'hôtel Mirage. Les gens n'osent plus sortir, même en canot.

Nous sommes au sec, nous sommes sauvés et je suis saisi d'un étrange sentiment d'impuissance quand je repense à Victor. Je me demande encore quel est son vrai nom et quelle sera la réaction des autres et de la police quand ils apprendront que Paul et Victor étaient de fausses identités. Cela n'étonnera pas les hommes de l'ordre car certains gays préfèrent venir dans un endroit comme Croconest sous un pseudo. Pour Paul, ça m'a vraiment étonné. Pour Victor, je le savais depuis le début. L'étiquette d'une valise, puis le même nom sur un livre ou sur un vêtement. Je n'ai rien dit, j'ai continué à l'appeler Victor comme si de rien n'était. Et son vrai prénom, je ne m'en souviens plus.

Je ne lui en ai pas voulu de m'avoir tiré dessus. Je sais qu'il a tiré au hasard. J'ai eu peur de sa maladresse et j'avais raison. Malgré mon plongeon, la balle m'a frôlé le bras, arrachant un morceau de chemise et laissant une écorchure d'au moins cinq centimètres sur le bord de mon biceps. Ça m'a mis en colère. Quel imbécile ! Toujours ces attitudes de dandy. J'ai déchiré ma chemise et bien désinfecté la plaie avec ce qui me restait d'eau de toilette. Après, je leur ai dit que je m'étais égratigné sur une branche et personne ne m'en a demandé plus.

Quand le Zodiac a quitté le rivage, je savais que Victor était parti dans un autre rêve et que je ne le reverrais jamais. J'ai été renfrogné jusqu'à l'arrivée des secours, cela m'évitait de trop leur parler. Je sais bien qu'ils ne se sont pas noyés, trop malins. J'ai une vraie nostalgie. Je n'aurais pas dû me laisser gagner par les sentiments, j'aurais sans doute vu plus clair et j'aurais pu empêcher une chose ou deux. J'étais aveugle et amoureux. Les gays adorent vivre des histoires d'amour éternelles de trois jours. Alors je fais comme tout le monde, j'adore ça. J'y repenserai souvent, lui je ne sais pas. J'étais juste là au bon moment et lui savait dès le début que j'enquêtais.

Ken et Gordon, les deux corps emportés, on ne les retrouvera jamais. Ce fut plus facile vis-à-vis de la police. Nous avons tout raconté en détail, ils avaient tous vu la même chose. C'est cela qui les avait beaucoup choqués, l'attaque du crocodile devant nous tous, impuissants. Mais après le cyclone, il y avait beaucoup d'autres histoires identiques et les médias en ont raconté plusieurs en interviewant des témoins. Certaines attaques dans Cairns même étaient encore plus spectaculaires.

Pour Gordon, ils n'ont pas insisté. Tous les journalistes ont très vite su qui il était.

Pour Sean, son associé, ce sont les policiers qui n'ont même pas posé de questions. Ceux d'entre nous qu'ils ont interrogés ne l'avaient pas connu et ils ne l'ont pas mentionné. Les Australiens n'ont pas du tout envie que s'ébruite une nouvelle histoire de touristes abandonnés sur la barrière de corail. Tout le monde finirait par penser que c'est une coutume locale. À oublier.

Tous, nous allons essayer d'oublier. Sauf une chose pour moi : l'emplacement d'un nid de serpents, des brown-tigers, les plus dangereux, ceux qui attaquent. Gordon a remonté le torrent, la nuit de la tempête, en portant un gros sac. C'était bizarre et fou, mais je l'ai bien vu, caché derrière les rideaux de ma chambre cette nuit-là. J'ai eu peur quand Victor et Paul m'ont assuré qu'ils étaient rentrés plus tôt à l'aube, peur qu'ils ne m'aient vu justement. En fait, ils mentaient, Victor s'est contredit par la suite.

Je suis sûr que Gordon allait jusqu'à ce nid de serpents dont m'a parlé Paul. Simplement, ni lui ni Victor n'ont fait le rapprochement, sinon Victor ne m'aurait pas menacé avec le revolver.

J'espère que je trouverai l'endroit. Ainsi je suis le seul à savoir que Gordon a bien caché ce qui restait de sa fortune dans un gros sac étanche de marin, à cet endroit-là.

DU MÊME AUTEUR

Aux Éditions Gallimard

Dans la collection Série Noire
REQUINS ET COQUINS, 2003.
RICHES, CRUELS ET FARDÉS, 2002, Folio Policier n° 511.

Aux Éditions Actes Sud

Dans la collection Babel Noir
MORT D'UNE DRAG-QUEEN, 2007, n° 12.

Aux Éditions Flammarion

LES AMNÉSIQUES, 1995.
LE JEU DE LA RUE DU LOUP, 1992.
LE DÉSESPOIR DES SINGES, 1989, J'ai Lu n° 2788..

Aux Éditions Ramsay

PIQUE-NIQUE À MARÉE BASSE, 2007, n° 24.
UNE IMAGE IRRÉPROCHABLE, 1998.
L'ENFANT À L'OREILLE CASSÉE, 1886, J'ai Lu n° 2753..
CONDUITE À GAUCHE, 1984, Le Livre de Poche n° 4366.

Aux Éditions du Seuil

LE JOURNALISTE, LE HASARD ET LA GUENON, 1996.

Aux Éditions Vers les arts

MATEI NEGREANU, en collaboration avec Dominique Narran et Helmut Ricke, 1993.